А. Гайдар

Чук и Гек

Москва
«Лабиринт Пресс»
2018

Чук и Гек

Жил человек в лесу возле Синих гор. Он много работал, а работы не убавлялось, и ему нельзя было уехать домой в отпуск.

Наконец, когда наступила зима, он совсем заскучал, попросил разрешения у начальников и послал своей жене письмо, чтобы она приезжала вместе с ребятишками к нему в гости.

Ребятишек у него было двое — Чук и Гек.

А жили они с матерью в далёком огромном городе, лучше которого и нет на свете.

Днём и ночью сверкали над башнями этого города красные звёзды.

И, конечно, этот город назывался Москва.

Как раз в то время, когда почтальон с письмом поднимался по лестнице, у Чука с Геком был бой. Короче говоря, они просто выли и дрались.

Из-за чего началась эта драка, я уже позабыл. Но помнится мне, что или Чук стащил у Гека пустую спичечную коробку, или, наоборот, Гек стянул у Чука жестянку из-под ваксы.

Только что оба эти брата, стукнув по разу друг друга кулаками, собирались стукнуть по второму, как загремел звонок, и они с тревогой переглянулись. Они подумали, что пришла их мама! А у этой мамы был странный характер. Она не ругалась за драку, не кричала, а просто разводила драчунов по разным комнатам и целый час, а то и два не позволяла им играть вместе. А в одном часе — тик да так — целых шестьдесят минут. А в двух часах и того больше.

Вот почему оба брата мигом вытерли слёзы и бросились открывать дверь.

Но, оказывается, это была не мать, а почтальон, который принёс письмо.

Тогда они закричали:

— Это письмо от папы! Да, да, от папы! И он, наверное, скоро приедет.

Тут, на радостях, они стали скакать, прыгать и кувыркаться по пружинному дивану. Потому что хотя Москва и самый замечательный город, но когда папа вот уже целый год как не был дома, то и в Москве может стать скучно.

И так они развеселились, что не заметили, как вошла их мать.

Она очень удивилась, увидав, что оба её прекрасных сына, лёжа на спинах, орут и колотят каблуками по стене, да так здо́рово, что трясутся картины над диваном и гудит пружина стенных часов.

Но когда мать узнала, отчего такая радость, то сыновей не заругала.

Она только турнула их с дивана.

Кое-как сбросила она шубку и схватила письмо, даже не стряхнув с волос снежинок,

которые теперь растаяли и сверкали, как искры, над её тёмными бровями.

Всем известно, что письма бывают весёлые или печальные, и поэтому, пока мать читала, Чук и Гек внимательно следили за её лицом.

Сначала мать нахмурилась, и они нахмурились тоже. Но потом она заулыбалась, и они решили, что это письмо весёлое.

— Отец не приедет, — откладывая письмо, сказала мать. — У него ещё много работы, и его в Москву не отпускают.

Обманутые Чук и Гек растерянно глянули друг на друга. Письмо казалось самым что ни на есть распечальным.

Они разом надулись, засопели и сердито посмотрели на мать, которая неизвестно чему улыбалась.

— Он не приедет, — продолжала мать, — но он зовёт нас всех к себе в гости.

Чук и Гек спрыгнули с дивана.

— Он чудак человек, — вздохнула мать. — Хорошо сказать — в гости! Будто бы это сел на трамвай и поехал...

— Да, да, — быстро подхватил Чук, — раз он зовёт, так мы сядем и поедем.

— Ты глупый, — сказала мать. — Туда ехать тысячу и ещё тысячу километров поездом. А потом в санях лошадьми через тайгу. А в тайге наткнёшься на волка или на медведя. И что это за странная затея! Вы только подумайте сами!

— Гей-гей! — Чук и Гек не думали и полсекунды, а в один голос заявили, что они решили ехать не только тысячу, а даже сто тысяч километров. Им ничего не страшно. Они храбрые. И это они вчера прогнали камнями заскочившую во двор чужую собаку.

И так они говорили долго, размахивали руками, притопывали, подпрыгивали, а мать сидела молча, всё их слушала, слушала. Наконец рассмеялась, схватила обоих на руки, завертела и свалила на диван.

Знайте, она давно уже ждала такого письма, и это она только нарочно поддразнивала Чука и Гека, потому что весёлый у неё был характер.

Прошла целая неделя, прежде чем мать собрала их в дорогу. Чук и Гек времени даром не теряли тоже. Чук смастерил себе кинжал из кухонного ножика, а Гек разыскал себе гладкую палку, забил в неё гвоздь, и получилась пика, до того крепкая, что если бы чем-нибудь проколоть шкуру медведя, а потом ткнуть этой пикой в сердце, то, конечно, медведь сдох бы сразу.

Наконец все дела были закончены. Уже запаковали багаж. Приделали второй замок к двери, чтобы не обокрали квартиру воры. Вытряхнули из шкафа остатки хлеба, муки и крупы, чтобы не развелись мыши. И вот мать уехала на вокзал покупать билеты на вечерний завтрашний поезд.

Но тут без неё у Чука с Геком получилась ссора.

Ах, если бы только знали они, до какой беды доведёт их эта ссора, то ни за что бы в этот день они не поссорились!

У запасливого Чука была плоская металлическая коробочка, в которой он хранил серебряные бумажки от чая, конфетные обёртки (если там был нарисован танк, самолёт или красноармеец), галчиные перья для стрел, конский волос для китайского фокуса и ещё всякие очень нужные вещи.

У Гека такой коробочки не было. Да и вообще Гек был разиня, но зато он умел петь песни.

И вот как раз в то время, когда Чук шёл доставать из укромного места свою драгоценную коробочку, а Гек в комнате пел песни, вошёл почтальон и передал Чуку телеграмму для матери.

Чук спрятал телеграмму в свою коробочку и пошёл узнать, почему это Гек уже не поёт песни, а кричит:

Р-ра! Р-ра! Ура!
Эй! Бей! Турумбей!

Чук с любопытством приоткрыл дверь и увидел такой «турумбей», что от злости у него затряслись руки.

Посреди комнаты стоял стул, и на спинке его висела вся истыканная пикой, разлохмаченная газета. И это ничего. Но проклятый Гек, вообразив, что перед ним туша медведя, яростно тыкал пикой в жёлтую картонку из-под маминых ботинок. А в картонке у Чука хранилась сигнальная жестяная дудка, три цветных значка от Октябрьских праздников и деньги — сорок шесть копеек, которые он не истратил, как Гек, на разные глупости, а запасливо приберёг в дальнюю дорогу.

И, увидав продырявленную картонку, Чук вырвал у Гека пику, переломил её о колено и швырнул на пол.

Но как ястреб налетел Гек на Чука и выхватил у него из рук металлическую коробку. Одним махом взлетел на подоконник и выкинул коробку через открытую форточку.

Громко завопил оскорблённый Чук и с криком: «Телеграмма! Телеграмма!» — в одном пальто, без калош и шапки, выскочил за дверь.

Почуяв неладное, вслед за Чуком понёсся Гек.

Но напрасно искали они металлическую коробочку, в которой лежала ещё никем не прочитанная телеграмма.

То ли она попала в сугроб и теперь лежала глубоко под снегом, то ли она упала на тропку и её утянул какой-либо прохожий, но, так или иначе, вместе со всем добром и нераспечатанной телеграммой коробка навеки пропала.

Вернувшись домой, Чук и Гек долго молчали. Они уже помирились, так как знали, что попадёт им от матери обоим. Но так как Чук был на целый год старше Гека, то, опасаясь, как бы ему не попало больше, он придумал:

— Знаешь, Гек: а что, если мы маме про телеграмму ничего не скажем? Подумаешь — телеграмма! Нам и без телеграммы весело.

— Врать нельзя, — вздохнул Гек. — Мама за враньё всегда ещё хуже сердится.

— А мы не будем врать! — радостно воскликнул Чук. — Если она спросит, где телеграмма, — мы скажем. Если же не спросит, то зачем нам вперёд выскакивать? Мы не выскочки.

— Ладно, — согласился Гек. — Если врать не надо, то так и сделаем. Это ты хорошо, Чук, придумал.

И только что они на этом порешили, как вошла мать. Она была довольна, потому что достала хорошие билеты на поезд, но всё же она сразу заметила, что у её дорогих сыновей лица печальны, а глаза заплаканы.

— Отвечайте, граждане, — отряхиваясь от снега, спросила мать, — из-за чего без меня была драка?

— Драки не было, — отказался Чук.

— Не было, — подтвердил Гек. — Мы только хотели подраться, да сразу раздумали.

— Очень я люблю такое раздумье, — сказала мать.

Она разделась, села на диван и показала им твёрдые зелёные билеты: один билет большой, а два маленьких. Вскоре они поужинали, а потом утих стук, погас свет, и все уснули.

А про телеграмму мать ничего не знала, поэтому, конечно, ничего не спросила.

Назавтра они уехали. Но так как поезд уходил очень поздно, то сквозь чёрные окна Чук и Гек при отъезде ничего интересного не увидели.

Ночью Гек проснулся, чтобы напиться. Лампочка на потолке была потушена, однако всё вокруг Гека было озарено голубым светом: и вздрагивающий стакан на покрытом салфеткой столике, и жёлтый апельсин, который казался теперь зеленоватым, и лицо мамы, которая, покачиваясь, спала крепко-крепко. Через снежное узорное окно вагона Гек увидел луну, да такую огромную, какой в Москве и не бывает. И тогда он решил, что поезд уже мчится по высоким горам, откуда до луны ближе.

Он растолкал маму и попросил напиться. Но пить ему она по одной причине не дала, а велела отломить и съесть дольку апельсина.

Гек обиделся, дольку отломил, но спать ему уже не захотелось. Он потолкал Чука — не проснётся ли. Чук сердито фыркнул и не просыпался.

Тогда Гек надел валенки, приоткрыл дверь и вышел в коридор.

Коридор вагона был узкий и длинный. Возле наружной стены его были приделаны складные скамейки, которые сами с треском захлопывались, если с них слезешь. Сюда же, в коридор, выходило ещё десять дверей. И все двери были блестящие, красные, с жёлтыми золочёными ручками.

Гек посидел на одной скамейке, потом на другой, на третьей и так добрался почти до конца вагона. Но тут прошёл проводник с фонарём и пристыдил Гека, что люди спят, а он скамейками хлопает.

Проводник ушёл, а Гек поспешно направился к себе в купе. Он с трудом приоткрыл дверь. Осторожно, чтобы не разбудить маму, закрыл и кинулся на мягкую постель.

А так как толстый Чук развалился во всю ширь, то Гек бесцеремонно ткнул его кулаком, чтобы тот подвинулся.

Но тут случилось нечто страшное: вместо белобрысого, круглоголового Чука на Гека глянуло сердитое усатое лицо какого-то дядьки, который строго спросил:

— Это кто же здесь толкается?

Тогда Гек завопил что было мочи. Перепуганные пассажиры повскакали со всех полок, вспыхнул свет, и, увидав, что он попал не в своё купе, а в чужое, Гек заорал ещё громче.

Но все люди быстро поняли, в чём дело, и стали смеяться. Усатый дядька надел брюки, военную гимнастёрку и отвёл Гека на место.

Гек проскользнул под своё одеяло и притих. Вагон покачивало, шумел ветер.

Невиданная огромная луна опять озаряла голубым светом вздрагивающий стакан, оранжевый апельсин на белой салфетке и лицо матери, которая во сне чему-то улыбалась и совсем не знала, какая беда приключилась с её сыном.

Наконец заснул и Гек.

…И снился Геку странный сон:
Как будто ожил весь вагон,
Как будто слышны голоса
От колеса до колеса.
Бегут вагоны — длинный ряд —
И с паровозом говорят.

Первый. Вперёд, товарищ! Путь далёк

Перед тобой во мраке лёг.

Второй. Светите ярче, фонари,
До самой утренней зари!

Третий. Гори, огонь! Труби, гудок!
Крутись, колёса, на Восток!

Четвёртый. Тогда закончим разговор,
Когда домчим до Синих гор.

Когда Гек проснулся, колёса, уже без всяких разговоров, мерно постукивали под полом вагона. Сквозь морозные окна светило солнце. Постели были заправлены. Умытый Чук грыз яблоко. А мама и усатый военный против распахнутых дверей хохотали над ночными похождениями Гека. Чук сразу же показал Геку карандаш с наконечником из жёлтого патрона, который он получил в подарок от военного.

Но Гек до вещей был не завистлив и не жаден. Он, конечно, был растеря и разиня. Мало того, что он ночью забрался в чужое купе, — вот и сейчас он не мог вспомнить, куда засунул свои брюки. Но зато Гек умел петь песни.

Умывшись и поздоровавшись с мамой, он прижался лбом к холодному стеклу и стал смотреть, что это за край, как здесь живут и что делают люди.

И пока Чук ходил от дверей к дверям и знакомился с пассажирами, которые охотно дарили ему всякую ерунду — кто резиновую пробку, кто гвоздь, кто кусок кручёной бечёвки, — Гек за это время увидел через окно немало.

Вот лесной домик. В огромных валенках, в одной рубашке и с кошкой в руках выскочил на крыльцо мальчишка. Трах! — кошка кувырком полетела в пушистый сугроб и, неловко карабкаясь, запрыгала по рыхлому снегу. Интересно, за что это он её бросил? Вероятно, что-нибудь со стола стянула.

Но уже нет ни домика, ни мальчишки, ни кошки — стоит в поле завод. Поле белое, трубы красные. Дым чёрный, а свет жёлтый. Интересно, что на этом заводе делают? Вот будка, и, укутанный в тулуп, стоит часовой. Часовой в тулупе огромный, широкий, и винтовка его кажется тоненькой, как соломинка. Однако попробуй-ка, сунься!

Потом пошёл танцевать лес. Деревья, что были поближе, прыгали быстро, а дальние двигались медленно, как будто их тихо кружила славная снежная река.

Гек окликнул Чука, который возвращался в купе с богатой добычей, и они стали смотреть вместе.

Встречались на пути станции большие, светлые, на которых шипело и пыхтело сразу штук по сто паровозов; встречались станции и совсем крохотные — ну, право, не больше того продуктового ларька, что торговал разной мелочью на углу возле их московского дома.

Проносились навстречу поезда, гружённые рудой, углём и громадными, толщиной в полвагона, брёвнами.

Нагнали они эшелон с быками и коровами. Паровозишко у этого эшелона был невзрачный, и гудок у него тонкий, писклявый, а тут как один бык рявкнул: му-у!.. Даже машинист обернулся и, наверное, подумал, что это его большой паровоз нагоняет.

А на одном разъезде бок о бок остановились они рядом с могучим железным бронепоездом. Грозно торчали из башен укутанные брезентом орудия. Красноармейцы весело топали, смеялись и, хлопая варежками, отогревали руки.

Но один человек в кожанке стоял возле бронепоезда молчалив и задумчив. И Чук с Геком решили, что это, конечно, командир, который стоит и ожидает, не придёт ли приказ от Ворошилова открыть против врагов бой.

Да, немало всякого они за дорогу повидали. Жаль только, что на дворе бушевали метели и окна вагона часто бывали наглухо залеплены снегом.

И вот наконец утром поезд подкатил к маленькой станции.

Только-только мать успела ссадить Чука с Геком и принять от военного вещи, как поезд умчался.

Чемоданы были свалены на снег. Деревянная платформа вскоре опустела, а отец встречать так и не вышел.

Тогда мать на отца рассердилась и, оставив детей караулить вещи, пошла к ямщикам узнавать, какие за ними отец прислал сани, потому что до того места, где он жил, оставалось ехать ещё километров сто тайгою.

Мать ходила очень долго, а тут ещё неподалёку появился страшенный козёл. Сначала он глодал кору с замороженного бревна, но потом противно мемекнул и что-то очень пристально стал на Чука с Геком поглядывать.

Тогда Чук и Гек поспешно укрылись за чемоданами, потому что кто его знает, что в этих краях козлам надо.

Но вот вернулась мать. Она была совсем опечалена и объяснила, что, вероятно, отец телеграмму о их выезде не получил и поэтому лошадей на станцию он за ними не прислал.

Тогда они позвали ямщика. Ямщик длинным кнутом огрел козла по спине, забрал вещи и понёс их в буфет вокзала.

Буфет был маленький. За стойкой пыхтел толстый, ростом с Чука, самовар. Он дрожал, гудел, и густой пар его, как облако, поднимался к бревенчатому потолку, под которым чирикали залетевшие погреться воробьи.

Пока Чук с Геком пили чай, мать торговалась с ямщиком: сколько он возьмёт, чтобы довезти их в лес до места. Ямщик просил очень много — целых сто рублей. Да и то сказать: дорога и на самом деле была не ближняя. Наконец они договорились, и ямщик побежал домой за хлебом, за сеном и за тёплыми тулупами.

— Отец и не знает, что мы уже приехали, — сказала мать. — То-то он удивится и обрадуется!

— Да, он обрадуется, — прихлёбывая чай, важно подтвердил Чук. — И я удивлюсь и обрадуюсь тоже.

— И я тоже, — согласился Гек. — Мы подъедем тихонько, и если папа куда-нибудь вышел из дома, то мы чемоданы спрячем, а сами залезем под кровать. Вот он приходит. Сел. Задумался. А мы молчим, молчим, да вдруг как завоем!

— Я под кровать не полезу, — отказалась мать, — и выть не буду тоже. Лезьте и войте сами... Зачем ты, Чук, сахар в карман прячешь? И так у тебя карманы полны, как мусорный ящик.

— Я лошадей кормить буду, — спокойно объяснил Чук. — Забирай, Гек, и ты кусок ватрушки. А то у тебя никогда ничего нет. Только и знаешь у меня выпрашивать!

Вскоре пришёл ямщик. Уложили в широкие сани багаж, взбили сено, укутались одеялами, тулупами.

Прощайте, большие города, заводы, станции, деревни, посёлки! Теперь впереди только лес, горы и опять густой, тёмный лес.

...Почти до сумерек, охая, ахая и дивясь на дремучую тайгу, они проехали незаметно. Но вот Чуку, которому из-за спины ямщика плохо была видна дорога, стало скучно. Он попросил у матери пирожка или булки. Но ни пирожка, ни булки мать ему, конечно, не дала. Тогда он насупился и от нечего делать стал толкать Гека и отжимать его к краю.

Сначала Гек терпеливо отпихивался. Потом вспылил и плюнул на Чука. Чук обозлился и кинулся в драку. Но так как руки их были стянуты тяжёлыми меховыми тулупами, то они ничего не могли поделать, кроме как стукать друг друга укутанными в башлыки лбами.

Посмотрела на них мать и рассмеялась. А тут ямщик ударил кнутом по коням — и рванули кони. Выскочили на дорогу и затанцевали два белых пушистых зайца. Ямщик закричал:

— Эй, эй! Ого-го!.. Берегись: задавим!

Весело умчались в лес озорные зайцы. Дул в лицо свежий ветер. И, поневоле прижавшись друг к другу, Чук и Гек помчались в санях под гору навстречу тайге и навстречу луне, которая медленно выползала из-за уже недалёких Синих гор.

Но вот безо всякой команды кони стали возле маленькой, занесённой снегом избушки.

— Здесь ночуем, — сказал ямщик, соскакивая в снег. — Это наша станция.

Избушка была маленькая, но крепкая. Людей в ней не было.

Быстро вскипятил ямщик чайник; принесли из саней сумку с продуктами.

Колбаса до того замёрзла и затвердела, что ею можно было забивать гвозди. Колбасу ошпарили кипятком, а куски хлеба положили на горячую плиту.

За печкой Чук нашёл какую-то кривую пружину, и ямщик сказал ему, что это пружина

от капкана, которым ловят всякого зверя. Пружина была ржавая и валялась без дела. Это Чук сообразил сразу.

Попили чаю, поели и легли спать. У стены стояла широкая деревянная кровать. Вместо матраца на ней были навалены сухие листья.

Гек не любил спать ни у стены, ни посредине. Он любил спать с краю. И хотя ещё с раннего детства он слыхал песню «Баю-баюшки-баю, не ложися на краю», Гек всё равно всегда спал с краю.

Если же его клали в серёдку, то во сне он сбрасывал со всех одеяла, отбивался локтями и толкал Чука в живот коленом.

Не раздеваясь и укрывшись тулупами, они улеглись: Чук у стенки, мать посредине, а Гек с краю.

Ямщик потушил свечку и полез на печь. Разом все уснули. Но, конечно, как и всегда, ночью Геку захотелось пить, и он проснулся.

В полудрёме он надел валенки, добрался до стола, глотнул воды из чайника и сел перед окном на табуретку.

Луна была за тучками, и сквозь маленькое окошко сугробы снега казались чёрно-синими.

«Вот как далеко занесло нашего папу!» — удивился Гек. И он подумал, что, наверное, дальше, чем это место, уже и не много осталось мест на свете.

Но вот Гек прислушался. За окном ему почудился стук. Это был даже не стук, а скрип снега под чьими-то тяжёлыми шагами. Так и есть! Вот во тьме что-то тяжело вздохнуло, зашевелилось, заворочалось, и Гек понял, что это мимо окна прошёл медведь.

— Злобный медведь, что тебе надо? Мы так долго едем к папе, а ты хочешь нас сожрать, чтобы мы его никогда не увидели?.. Нет, уходи прочь, пока люди не убили тебя метким ружьём или острой саблей!

Так думал и бормотал Гек, а сам со страхом и любопытством крепче и крепче прижимался лбом к обледенелому стеклу узкого окошка.

Но вот из-за быстрых туч стремительно выкатилась луна. Чёрно-синие сугробы засверкали мягким матовым блеском, и Гек увидел, что медведь этот вовсе не медведь, а просто это отвязавшаяся лошадь ходит вокруг саней и ест сено.

Было досадно. Гек залез на кровать под тулуп, а так как только что он думал о нехорошем, то и сон к нему пришёл угрюмый.

Приснился Геку странный сон:
Как будто страшный Турворон
Плюёт слюной, как кипятком,
Грозит железным кулаком.
Кругом пожар! В снегу следы!
Идут солдатские ряды.
И волокут из дальних мест
Кривой фашистский флаг и крест.

— Постойте! — закричал им Гек. — Вы не туда идёте! Здесь нельзя!

Но никто не постоял, и его, Гека, не слушали.

В гневе тогда выхватил Гек жестяную сигнальную дуду, ту, что лежала у Чука в картонке из-под ботинок, и загудел так громко, что быстро поднял голову задумчивый командир железного бронепоезда, властно махнул рукой — и разом ударили залпом его тяжёлые и грозные орудия.

— Хорошо! — похвалил Гек. — Только стрельните ещё, а то одного раза им, наверное, мало...

Мать проснулась оттого, что оба её дорогих сына с двух сторон нестерпимо толкались и ворочались.

Она повернулась к Чуку и почувствовала, как в бок ей ткнуло что-то твёрдое и острое. Она пошарила и достала из-под одеяла пружину от капкана, которую запасливый Чук тайно притащил с собой в постель.

Мать швырнула пружину за кровать. При свете луны она заглянула в лицо Геку и поняла, что ему снится тревожный сон.

Сон, конечно, не пружина, и его нельзя выкинуть. Но его можно потушить. Мать повернула Гека со спины на бок и, покачивая, тихонько подула на его тёплый лоб.

Вскоре Гек засопел, улыбнулся, и это означало, что плохой сон погас.

Тогда мать встала и в чулках, без валенок, подошла к окошку.

Ещё не светало, и небо было всё в звёздах. Иные звёзды горели высоко, а иные склонялись над чёрной тайгой совсем низко.

И — удивительное дело! — тут же и так же, как маленький Гек, она подумала, что дальше, чем это место, куда занесло её беспокойного мужа, наверное, и не много осталось мест на свете.

Весь следующий день дорога шла лесом и горами. На подъёмах ямщик соскакивал с саней и шёл по снегу рядом. Но зато на крутых спусках сани мчались с такой быстротой, что Чуку с Геком казалось, будто бы они вместе с лошадьми и санями проваливаются на землю прямо с неба.

Наконец под вечер, когда и люди и кони уже порядком устали, ямщик сказал:

— Ну, вот и приехали! За этим мыском поворот. Тут, на поляне, и стоит ихняя база... Эй, но-о!.. Наваливай!

Весело взвизгнув, Чук и Гек вскочили, но сани дёрнули, и они дружно плюхнулись в сено.

Улыбающаяся мать скинула шерстяной платок и осталась только в пушистой шапке.

Вот и поворот. Сани лихо развернулись и подкатили к трём домишкам, которые торчали на небольшой, укрытой от ветров опушке.

Очень странно! Не лаяли собаки, не было видно людей. Не валил дым из печных труб. Все дорожки были занесены глубоким снегом, а кругом стояла тишина, как зимой на кладбище. И только белобокие сороки бестолково скакали с дерева на дерево.

— Ты куда же нас привёз? — в страхе спросила у ямщика мать. — Разве нам сюда надо?

— Куда рядились, туда и привёз, — ответил ямщик. — Вот эти дома называются «Разведывательно-геологическая база номер три». Да вот и вывеска на столбе... Читайте. Может быть, вам нужна база под названием номер четыре? Так то километров двести совсем в иную сторону.

— Нет, нет! — взглянув на вывеску, ответила мать. — Нам нужна эта самая. Но ты посмотри: двери на замках, крыльцо в снегу, а куда же девались люди?

— Я не знаю, куда б им деваться, — удивился и сам ямщик. — На прошлой неделе мы сюда продукты возили: муку, лук, картошку. Все люди тут были: восемь человек, начальник девятый, со сторожем десять... Вот ещё забота! Не волки же их всех поели... Да вы постойте, я пойду посмотрю в сторожку.

И, сбросив тулуп, ямщик зашагал через сугробы к крайней избушке.

Вскоре он вернулся:

— Изба пуста, а печка тёплая. Значит, здесь сторож, да, видать, ушёл на охоту. Ну, к ночи вернётся и всё вам расскажет.

— Да что он мне расскажет! — ахнула мать. — Я и сама вижу, что людей здесь уже давно нету.

— Это я уж не знаю, что́ он расскажет, — ответил ямщик. — А что-нибудь рассказать должен, на то он и сторож.

С трудом подъехали они к крыльцу сторожки, от которого к лесу вела узенькая тропка.

Они вошли в сени и мимо лопат, мётел, топоров, палок, мимо промёрзлой медвежьей шкуры, что висела на железном крюку, прошли в избушку. Вслед за ними ямщик тащил вещи.

В избушке было тепло. Ямщик пошёл задавать лошадям корм, а мать молча раздевала перепуганных ребятишек.

— Ехали к отцу, ехали — вот тебе и приехали!

Мать села на лавку и задумалась. Что случилось, почему на базе пусто и что теперь делать? Ехать назад? Но у неё денег оставалось только-только заплатить ямщику за дорогу. Значит, надо было ожидать, когда вернётся сторож. Но ямщик через три часа уедет обратно, а вдруг сторож возьмёт да не скоро вернётся? Тогда как? А ведь отсюда до ближайшей станции и телеграфа почти сто километров!

Вошёл ямщик. Оглядев избу, он потянул носом воздух, подошёл к печке и открыл заслонку.

— Сторож к ночи вернётся, — успокоил он. — Вот в печи горшок со щами. Кабы он ушёл надолго, он бы щи на холод вынес... А то как хотите, — предложил ямщик. — Раз уж такое дело, то я не чурбак. Я вас назад до станции бесплатно доставлю.

— Нет, — отказалась мать. — На станции нам делать нечего.

Опять поставили чайник, подогрели колбасу, поели, попили, и, пока мать разбирала вещи, Чук с Геком забрались на тёплую печку. Здесь пахло берёзовыми вениками, горячей овчиной и сосновыми щепками. А так как расстроенная мать была молчалива, то Чук с Геком молчали тоже. Но долго молчать не намолчишься, и поэтому, не найдя себе никакого дела, Чук и Гек быстро и крепко уснули.

Они не слышали, как уехал ямщик и как мать, забравшись на печку, улеглась с ними рядом. Они проснулись уже тогда, когда в избе было совсем темно. Проснулись все разом, потому что на крыльце послышался топот, потом что-то в сенях загрохотало — должно быть, упала лопата. Распахнулась дверь, и с фонарём в руках в избу вошёл сторож, а с ним большая лохматая собака. Он скинул с плеча ружьё, бросил на лавку убитого зайца и, поднимая фонарь к печке, спросил:

— Это что же за гости сюда приехали?

— Я жена начальника геологической партии Серёгина, — сказала мать, соскакивая с печки, — а это его дети. Если нужно, то вот документы.

— Вон они, документы: сидят на печке, — буркнул сторож и посветил фонарём на встревоженные лица Чука и Гека. — Как есть в отца — копия! Особо вот этот толстый. — И он ткнул на Чука пальцем.

Чук и Гек обиделись: Чук — потому, что его назвали толстым, а Гек — потому, что он всегда считал себя похожим на отца больше, чем Чук.

— Вы зачем, скажите, приехали? — глянув на мать, спросил сторож. — Вам же приезжать было не велено.

— Как не велено? Кем это приезжать не велено?

— А так и не велено. Я сам на станцию возил от Серёгина телеграмму, а в телеграмме ясно написано: «Задержись выезжать на две недели. Наша партия срочно выходит в тайгу». Раз Серёгин пишет «задержись» — значит, и надо было держаться, а вы самовольничаете.

— Какую телеграмму? — переспросила мать. — Мы никакой телеграммы не получали. — И, как бы ища поддержки, она растерянно глянула на Чука и Гека.

Но под её взглядом Чук и Гек, испуганно тараща друг на друга глаза, поспешно попятились глубже на печку.

— Дети, — подозрительно глянув на сыновей, спросила мать, — вы без меня никакой телеграммы не получали?

На печке захрустели сухие щепки, веники, но ответа на вопрос не последовало.

— Отвечайте, мучители! — сказала тогда мать. — Вы, наверное, без меня получили телеграмму и мне её не отдали?

Прошло ещё несколько секунд, потом с печки раздался ровный и дружный рёв. Чук затянул басовито и однотонно, а Гек выводил потоньше и с переливами.

— Вот где моя погибель! — воскликнула мать. — Вот кто, конечно, сведёт меня в могилу! Да перестаньте вы гудеть и расскажите толком, как было дело.

Однако, услыхав, что мать собирается идти в могилу, Чук с Геком взвыли ещё громче, и прошло немало времени, пока, перебивая и бесстыдно сваливая вину друг на друга, они затянули свой печальный рассказ.

Ну что с таким народом будешь делать? Поколотить их палкой? Посадить в тюрьму? Заковать в кандалы и отправить на каторгу? Нет, ничего этого мать не сделала. Она вздохнула, приказала сыновьям слезть с печки, вытереть носы и умыться, а сама стала спрашивать сторожа, как же ей теперь быть и что делать.

Сторож сказал, что разведывательная партия по срочному приказу ушла к ущелью Алкараш и вернётся никак не раньше чем дней через десять.

— Но как же мы эти десять дней жить будем? — спросила мать. — Ведь у нас с собой нет никакого запаса.

— А так вот и живите, — ответил сторож. — Хлеба я вам дам, вон подарю зайца — обдерёте и сварите. А я завтра на двое суток в тайгу уйду, мне капканы проверять надо.

— Нехорошо, — сказала мать. — Как же мы останемся одни? Мы тут ничего не знаем. А здесь лес, звери...

— Я второе ружьё оставлю, — сказал сторож. Дрова под навесом, вода в роднике за пригорком. Вон крупа в мешке, соль в банке. А мне — я вам прямо скажу — нянчиться с вами тоже некогда...

— Эдакий злой дядька! — прошептал Гек. — Давай, Чук, мы с тобой ему что-нибудь скажем.

— Вот ещё! — отказался Чук. — Он тогда возьмёт и вовсе нас из дому выгонит. Ты погоди, приедет папа, мы ему всё и расскажем.

— Что ж папа! Папа ещё долго...

Гек подошёл к матери, сел к ней на колени и, сдвинув брови, строго посмотрел в лицо грубому сторожу.

Сторож снял меховой кожух и подвинулся к столу, к свету. И только тут Гек разглядел, что от плеча к спине кожуха вырван огромный, почти до пояса, меховой клок.

— Достань из печки щи, — сказал матери сторож. — Вон на полке ложки, миски, садитесь и ешьте. А я шубу чинить буду.

— Ты хозяин, — сказала мать. — Ты достань, ты и угощай. А полушубок дай: я лучше твоего заплатаю.

Сторож поднял на неё глаза и встретил суровый взгляд Гека.

— Эге! Да вы, я вижу, упрямые, — пробурчал он, протянул матери полушубок и полез за посудой на полку.

— Это где так разорвалось? — спросил Чук, указывая на дыру кожуха.

— С медведем не поладили. Вот он меня и царапнул, — нехотя ответил сторож и бухнул на стол тяжёлый горшок со щами.

— Слышишь, Гек? — сказал Чук, когда сторож вышел в сени. — Он подрался с медведем и, наверное, от этого сегодня такой сердитый.

Гек слышал всё сам. Но он не любил, чтобы кто-либо обижал его мать, хотя бы это и был человек, который мог поссориться и подраться с самим медведем.

Утром, ещё на заре, сторож захватил с собой мешок, ружьё, собаку, стал на лыжи и ушёл в лес. Теперь хозяйничать надо было самим. Втроём ходили они за водой. За пригорком из отвесной скалы среди снега бил ключ. От воды, как из чайника, шёл густой пар, но когда Чук подставил под струю палец, то оказалось, что вода холодней самого мороза.

Потом они таскали дрова. Русскую печь мать топить не умела, и поэтому дрова долго не разгорались. Но зато когда разгорелись, то пламя запылало так жарко, что толстый лёд на окне у противоположной стенки быстро растаял. И теперь через стекло видна была и вся опушка с деревьями, по которым скакали сороки, и скалистые вершины Синих гор.

Кур мать потрошить умела, но обдирать зайца ей ещё не приходилось, и она с ним провозилась столько, что за это время можно было ободрать и разделать быка или корову.

Геку это обдирание ничуть не понравилось, но Чук помогал охотно, и за это ему достался зайчиный хвост, такой лёгкий и пушистый, что если его бросать с печки, то он падал на пол плавно, как парашют.

После обеда они все втроём вышли гулять.

Чук уговаривал мать, чтобы она взяла с собой ружьё или хотя бы ружейные патроны. Но мать ружья не взяла.

Наоборот, она нарочно повесила ружьё на высокий крюк, потом встала на табуретку, засунула патроны на верхнюю полку и предупредила Чука, что если он попробует стянуть хоть один патрон с полки, то на хорошую жизнь пусть больше и не надеется.

Чук покраснел и поспешно удалился, потому что один патрон уже лежал у него в кармане.

Удивительная это была прогулка! Они шли гуськом к роднику по узенькой тропке. Над ними сияло холодное голубое небо; как сказочные за́мки и башни, поднимались к небу остроконечные утёсы Синих гор. В морозной тишине резко стрекотали любопытные сороки. Меж густых кедровых ветвей бойко прыгали серые юркие белки. Под деревьями, на мягком белом снегу отпечатались причудливые следы незнакомых зверей и птиц.

Вот в тайге что-то застонало, загудело, треснуло. Должно быть, ломая сучья, обвалилась с вершины дерева гора обледенелого снега.

Раньше, когда Гек жил в Москве, ему представлялось, что вся земля состоит из Москвы, то есть из улиц, домов, трамваев и автобусов.

Теперь же ему казалось, что вся земля состоит из высокого дремучего леса.

Да и вообще, если над Геком светило солнце, то он был уверен, что и над всей землёй ни дождя, ни туч нету.

И если ему было весело, то он думал, что и всем на свете людям хорошо и весело тоже.

Прошло два дня, наступил третий, а сторож из леса не возвращался, и тревога нависла над маленьким, занесённым снегом домиком.

Особенно страшно было по вечерам и ночами. Они крепко запирали сени, двери и, чтобы не привлечь зверей светом, наглухо занавешивали половиком окна, хотя надо было делать совсем наоборот, потому что зверь — не человек и он

огня боится. Над печной трубой, как и полагается, гудел ветер, а когда вьюга хлестала острыми снежными льдинками по стене и окнам, то всем казалось, что снаружи кто-то толкается и царапается.

Они забрались спать на печку, и там мать долго рассказывала им разные истории и сказки. Наконец она задремала.

— Чук, — спросил Гек, — почему волшебники бывают в разных историях и сказках? А что, если бы они были и на самом деле?

— И ведьмы и черти чтобы были тоже? — спросил Чук.

— Да нет! — с досадой отмахнулся Гек. — Чертей не надо. Что с них толку? А мы бы попросили волшебника, он слетал бы к папе и сказал бы ему, что мы уже давно приехали.

— А на чём бы он полетел, Гек?

— Ну, на чём... Замахал бы руками или там ещё как. Он уж сам знает.

— Сейчас руками махать холодно, — сказал Чук. — У меня вон какие перчатки да варежки, да и то, когда я тащил полено, у меня пальцы совсем замёрзли.

— Нет, ты скажи, Чук, а всё-таки хорошо бы?

— Я не знаю, — заколебался Чук. — Помнишь, во дворе, в подвале, где живёт Мишка Крюков, жил какой-то хромой. То он торговал баранками, то к нему приходили всякие бабы, старухи, и он им гадал, кому будет жизнь счастливая и кому несчастная.

— И хорошо он нагадывал?

— Я не знаю. Я знаю только, что потом пришла милиция, его забрали, а из его квартиры много чужого добра вытащили.

— Так он, наверное, был не волшебник, а жулик. Ты как думаешь?

— Конечно, жулик, — согласился Чук. — Да, я так думаю, и все волшебники должны быть жуликами. Ну скажи, зачем ему работать, раз он и так во всякую дыру пролезть может? Знай только хватай, что надо... Ты бы лучше спал, Гек, всё равно я с тобой больше разговаривать не буду.

— Почему?

— Потому что ты городишь всякую ерунду, а ночью она тебе приснится, ты и начнёшь локтями да коленями дрыгать. Думаешь, хорошо, как ты мне вчера кулаком в живот бухнул? Дай-ка я тебе бухну тоже...

На утро четвёртого дня матери самой пришлось колоть дрова. Заяц был давно съеден, и кости его расхватаны сороками. На обед они варили только кашу с постным маслом и луком. Хлеб был на исходе, но мать нашла муку и испекла лепёшек.

После такого обеда Гек был грустен, и матери показалось, что у него повышена температура.

Она приказала ему сидеть дома, одела Чука, взяла вёдра, салазки, и они вышли, чтобы привезти воды и заодно набрать на опушке сучьев и веток, — тогда утром легче будет растапливать печку.

Гек остался один. Он ждал долго. Ему стало скучно, и он начал что-то придумывать.

...А мать и Чук задержались. На обратном пути к дому санки перевернулись, вёдра опрокинулись, и пришлось ехать к роднику снова. Потом выяснилось, что Чук на опушке позабыл тёплую варежку, и с полпути пришлось возвращаться. Пока искали, пока то да сё, наступили сумерки.

Когда они вернулись домой, Гека в избе не было. Сначала они подумали, что Гек спрятался на печке за овчинами. Нет, там его не было.

Тогда Чук хитро улыбнулся и шепнул матери, что Гек, конечно, залез под печку.

Мать рассердилась и приказала Геку вылезать. Гек не откликался.

Тогда Чук взял длинный ухват и стал им под печкой ворочать. Но и под печкой Гека не было.

Мать встревожилась, взглянула на гвоздь у двери. Ни полушубок Гека, ни шапка на гвозде не висели.

Мать вышла во двор, обошла кругом избушку. Зашла в сени, зажгла фонарь. Заглянула в тёмный чулан, под навес с дровами...

Она звала Гека, ругала, упрашивала, но никто не отзывался. А темнота быстро ложилась на сугробы.

Тогда мать заскочила в избу, сдёрнула со стены ружьё, достала патроны, схватила фонарь и, крикнув Чуку, чтобы он не смел двигаться с места, выбежала во двор.

Следов за четыре дня было натоптано немало.

Где искать Гека, мать не знала, но она побежала к дороге, так как не верила, чтобы Гек один мог осмелиться зайти в лес.

На дороге было пусто.

Она зарядила ружьё и выстрелила. Прислушалась, выстрелила ещё и ещё раз.

Вдруг совсем неподалёку ударил ответный выстрел. Кто-то спешил к ней на помощь.

Она хотела бежать навстречу, но её валенки увязли в сугробе. Фонарь попал в снег, стекло лопнуло, и свет погас.

С крыльца сторожки раздался пронзительный крик Чука.

Это, услыхав выстрелы, Чук решил, что волки, которые сожрали Гека, напали на его мать.

Мать отбросила фонарь и, задыхаясь, побежала к дому. Она втолкнула раздетого Чука в избу, швырнула ружьё в угол и, зачерпнув ковшом, глотнула ледяной воды.

У крыльца раздался гром и стук. Распахнулась дверь. В избу влетела собака, а за нею вошёл окутанный паром сторож.

— Что за беда? Что за стрельба? — спросил он, не здороваясь и не раздеваясь.

— Пропал мальчик, — сказала мать. Слёзы ливнем хлынули из её глаз, и она больше не могла сказать ни слова.

— Стой, не плачь! — гаркнул сторож. — Когда пропал? Давно? Недавно?.. Назад, Смелый! — крикнул он собаке. — Да говорите же, или я уйду обратно!

— Час тому назад, — ответила мать. — Мы ходили за водой. Мы пришли, а его нет. Он оделся и куда-то ушёл.

— Ну, за час он далеко не уйдёт, а в одёже и в валенках сразу не замёрзнет... Ко мне, Смелый! На́, нюхай!

Сторож сдёрнул с гвоздя башлык и подвинул под нос собаки калоши Гека.

Собака внимательно обнюхала вещи и умными глазами посмотрела на хозяина.

— За мной! — распахивая дверь, сказал сторож. — Иди ищи, Смелый!

Собака вильнула хвостом и осталась стоять на месте.

— Вперёд! — строго повторил сторож. — Ищи, Смелый, ищи!

Собака беспокойно крутила носом, переступала с ноги на ногу и не двигалась.

— Это ещё что за танцы? — рассердился сторож. И, опять сунув собаке под нос башлык и калоши Гека, он дёрнул её за ошейник.

Однако Смелый за сторожем не пошёл; он покрутился, повернулся и пошёл в противоположный от двери угол избы.

Здесь он остановился около большого деревянного сундука, царапнул по крышке мохнатой лапой и, обернувшись к хозяину, три раза громко и лениво гавкнул.

Тогда сторож сунул ружьё в руки оторопелой матери, подошёл и открыл крышку сундука.

В сундуке, на куче всякого тряпья, овчин, мешков, укрывшись своей шубёнкой и подложив под голову шапку, крепко и спокойно спал Гек.

Когда его вытащили и разбудили, то, хлопая сонными глазами, он никак не мог понять, отчего это вокруг него такой шум и такое буйное веселье. Мать целовала его и плакала. Чук дёргал его за руки, за ноги, подпрыгивал и кричал:

— Эй-ля! Эй-ли-ля!..

Лохматый пёс Смелый, которого Чук поцеловал в морду, сконфуженно обернулся и, тоже ничего не понимая, тихонько вилял серым хвостом, умильно поглядывая на лежавшую на столе краюху хлеба.

Оказывается, когда мать и Чук ходили за водой, то соскучившийся Гек решил пошутить. Он забрал полушубок, шапку и залез в сундук. Он решил, что когда они вернутся и станут его искать, то он из сундука страшно завоет.

Но так как мать и Чук ходили очень долго, то он лежал, лежал и незаметно заснул.

Вдруг сторож встал, подошёл и брякнул на стол тяжёлый ключ и измятый голубой конверт.

— Вот, — сказал он, — получайте. Это вам ключ от комнаты и от кладовой и письмо от начальника Серёгина. Он с людьми здесь будет через четверо суток, как раз к Новому году.

Так вот он где пропадал, этот неприветливый, хмурый старик! Сказал, что идёт на охоту, а сам бегал на лыжах к далёкому ущелью Алкараш.

Не распечатывая письма, мать встала и с благодарностью положила старику на плечо руку.

Он ничего не ответил и стал ворчать на Гека за то, что тот рассыпал в сундуке коробку с пыжами, а заодно и на мать — за то, что она разбила стекло у фонаря. Он ворчал долго и упорно, но никто теперь этого доброго чудака не боялся. Весь этот вечер мать не отходила от Гека и, чуть что, хватала его за руку, как будто боялась, что вот-вот он опять куда-нибудь исчезнет. И так много она о нём заботилась, что наконец Чук обиделся и про себя уже несколько раз пожалел, что и он не полез в сундук тоже.

Теперь стало весело. На следующее утро сторож открыл комнату, где жил их отец. Он жарко натопил печь и перенёс сюда все их вещи. Комната была большая, светлая, но всё в ней было расставлено и навалено без толку.

Мать сразу же взялась за уборку. Целый день она всё переставляла, скоблила, мыла, чистила.

И когда к вечеру сторож принёс вязанку дров, то, удивлённый переменой и невиданной чистотой, он остановился и не пошёл дальше порога.

А собака Смелый пошла.

Она пошла прямо по свежевымытому полу, подошла к Геку и ткнула его холодным носом. Вот, мол, дурак, это я тебя нашла, и за это ты должен дать мне что-нибудь покушать.

Мать раздобрилась и кинула Смелому кусок колбасы. Тогда сторож заворчал и сказал, что если в тайге собак кормить колбасой, так это сорокам на смех.

Мать отрезала и ему полкруга. Он сказал «спасибо» и ушёл, всё чему-то удивляясь и покачивая головой.

На следующий день было решено готовить к Новому году ёлку.

Из чего-чего только не выдумывали они мастерить игрушки!

Они ободрали все

цветные картинки из старых журналов. Из лоскутьев и ваты понашили зверьков, кукол. Вытянули у отца из ящика всю папиросную бумагу и навертели пышных цветов.

Уж на что хмур и нелюдим был сторож, а и тот, когда приносил дрова, подолгу останавливался у двери и дивился на их всё новые и новые затеи. Наконец он не вытерпел. Он принёс им серебряную бумагу от завёртки чая и большой кусок воска, который у него остался от сапожного дела.

Это было замечательно! И игрушечная фабрика сразу превратилась в свечной завод. Свечи были неуклюжие, неровные. Но горели они так же ярко, как и самые нарядные покупные.

Теперь дело было за ёлкой. Мать попросила у сторожа топор, но он ничего на это ей даже не ответил, а стал на лыжи и ушёл в лес.

Через полчаса он вернулся.

Ладно. Пусть игрушки были и не ахти какие нарядные, пусть зайцы, сшитые из тряпок, были похожи на кошек, пусть все куклы были на одно лицо — прямоносые и лупоглазые, и пусть, наконец, еловые шишки, обёрнутые серебряной бумагой, не так сверкали, как хрупкие и тонкие стеклянные игрушки, но зато такой ёлки в Москве, конечно, ни у кого не было. Это была настоящая таёжная красавица — высокая, густая, прямая и с ветвями, которые расходились на концах, как звёздочки.

Четыре дня за делом пролетели незаметно. И вот наступил канун Нового года. Уже с утра Чука и Гека нельзя было загнать домой. С посинелыми носами они торчали на морозе, ожидая, что вот-вот из леса выйдет отец и все его люди.

Но сторож, который топил баню, сказал им, чтобы они не мёрзли понапрасну, потому что вся партия вернётся только к обеду.

И в самом деле. Только что они сели за стол, как сторож постучал в окошко. Кое-как одевшись, все втроём они вышли на крыльцо.

— Теперь смотрите, — сказал им сторож. — Вот они сейчас покажутся на скате той горы, что правей большой вершины, потом опять пропадут в тайге, и тогда через полчаса все будут дома.

Так оно и вышло. Сначала из-за перевала вылетела собачья упряжка с гружёными санями, а за нею следом пронеслись быстроходные лыжники. По сравнению с громадой гор они казались до смешного маленькими, хотя отсюда были отчётливо видны их руки, ноги и головы.

Они промелькнули по голому скату и исчезли в лесу.

Ровно через полчаса послышался лай собак, шум, скрип, крики.

Почуявшие дом голодные собаки лихо вынеслись из леса. А за ними, не отставая, выкатили на опушку девять лыжников. И, увидав на крыльце мать, Чука и Гека, они на бегу подняли лыжные палки и громко закричали: «Ура!»

Тогда Гек не вытерпел, спрыгнул с крыльца и, зачерпывая снег валенками, помчался навстречу высокому, заросшему бородой человеку, который бежал впереди и кричал «ура» громче всех.

Днём чистились, брились и мылись.

А вечером была для всех ёлка, и все дружно встречали Новый год.

Когда был накрыт стол, потушили лампу и зажгли свечи. Но так как, кроме Чука с Геком, остальные все были взрослые, то они, конечно, не знали, что теперь нужно делать.

Хорошо, что у одного человека был баян и он заиграл весёлый танец. Тогда все повскакали, и всем захотелось танцевать. И все танцевали очень прекрасно, особенно когда приглашали на танец маму.

А отец танцевать не умел. Он был очень сильный, добродушный, и когда он без всяких танцев просто шагал по полу, то и то в шкафу звенела вся посуда.

Он посадил себе Чука с Геком на колени, и они громко хлопали всем в ладоши.

Потом танец окончился, и люди попросили, чтобы Гек спел песню. Гек не стал ломаться. Он и сам знал, что умеет петь песни, и гордился этим.

Баянист подыгрывал, а он им спел песню. Какую — я уже сейчас не помню. Помню, что это была очень хорошая песня, потому что все люди, слушая её, замолкли и притихли. И когда Гек останавливался, чтобы перевести дух, то было слышно, как потрескивали свечи и гудел за окном ветер.

А когда Гек окончил петь, то все зашумели, закричали, подхватили Гека на руки и стали его подкидывать. Но мать тотчас же отняла у них Гека, потому что она испугалась, как бы сгоряча его не стукнули о деревянный потолок.

— Теперь садитесь, — взглянув на часы, сказал отец. — Сейчас начнётся самое главное.

Он пошёл и включил радиоприёмник. Все сели и замолчали. Сначала было тихо. Но вот раздался шум, гул, гудки. Потом что-то стукнуло, зашипело, и откуда-то издалека донёсся мелодичный звон.

Большие и маленькие колокола звонили так:

Тир-лиль-лили-дон!
Тир-лиль-лили-дон!

Чук с Геком переглянулись. Они гадали, что́ это. Это в далёкой-далёкой Москве, под красной звездой, на Спасской башне звонили золотые кремлёвские часы.

И этот звон — перед Новым годом — сейчас слушали люди и в городах, и в горах, в степях, в тайге, на синем море.

И, конечно, задумчивый командир бронепоезда, тот, что неутомимо ждал приказа от Ворошилова, чтобы открыть против врагов бой, слышал этот звон тоже.

И тогда все люди встали, поздравили друг друга с Новым годом и пожелали всем счастья.

Что такое счастье — это каждый понимал по-своему. Но все вместе люди знали и понимали, что надо честно жить, много трудиться и крепко любить и беречь эту огромную счастливую землю, которая зовётся Советской страной.

1939

Голубая чашка

Мне тогда было тридцать два года. Марусе двадцать девять, а дочери нашей Светлане шесть с половиной. Только в конце лета я получил отпуск, и на последний тёплый месяц мы сняли под Москвой дачу.

Мы со Светланой думали ловить рыбу, купаться, собирать в лесу грибы и орехи. А пришлось сразу подметать двор, подправлять ветхие заборы, протягивать верёвки, заколачивать костыли и гвозди.

Нам всё это очень скоро надоело, а Маруся одно за другим всё новые да новые дела и себе и нам придумывает.

Только на третий день к вечеру наконец-то всё было сделано. И как раз, когда собирались мы втроём идти гулять, пришёл к Марусе её товарищ — полярный лётчик.

Они долго сидели в саду, под вишнями. А мы со Светланой ушли во двор к сараю и с досады взялись мастерить деревянную вертушку.

Когда стемнело, Маруся крикнула, чтобы Светлана выпила молока и ложилась спать, а сама пошла проводить лётчика до вокзала.

Но мне без Маруси стало скучно, да и Светлана одна в пустом доме спать не захотела.

Мы достали в чулане муку. Заварили её кипятком — получился клейстер.

Оклеили гладкую вертушку цветной бумагой, хорошенько разгладили её и через пыльный чердак полезли на крышу.

Вот сидим мы верхом на крыше. И видно нам сверху, как в соседнем саду, у крыльца, дымит трубой самовар. А на крыльце сидит хромой старик с балалайкою, и возле него толпятся ребятишки.

Потом выскочила из чёрных сеней босоногая сгорбленная старуха. Ребятишек турнула, старика обругала и, схватив тряпку, стала хлопать по конфорке самовара, чтобы он закипел быстрее.

Посмеялись мы и думаем: вот подует ветер, закружится, зажужжит наша быстрая вертушка. Ото всех дворов сбегутся к нашему дому ребятишки. Будет и у нас тогда своя компания.

А завтра что-нибудь ещё придумаем.

Может быть, выроем глубокую пещеру для той лягушки, что живёт в нашем саду, возле сырого погреба.

Может быть, попросим у Маруси суровых ниток и запустим бумажного змея — выше силосной башни, выше жёлтых сосен и даже выше того коршуна, который целый день сегодня сторожил с неба хозяйских цыплят и крольчат.

А может быть, завтра с раннего утра сядем в лодку — я на вёсла, Маруся за руль, Светлана пассажиром — и уплывём по реке туда, где стоит, говорят, большой лес, где растут на берегу две дуплистые берёзы, под которыми нашла вчера соседская девчонка три хороших белых гриба. Жаль только, что все они были червивые.

Вдруг Светлана потянула меня за рукав и говорит:

— Посмотри-ка, папа, а ведь, кажется, это наша мама идёт, и как бы нам с тобой сейчас не попало.

И правда, идёт по тропинке вдоль забора наша Маруся, а мы-то думали, что вернётся она ещё не скоро.

— Наклонись, — сказал я Светлане. — Может быть, она и не заметит.

Но Маруся сразу же нас заметила, подняла голову и крикнула:

— Вы зачем это, негодные люди, на крышу залезли? На дворе уже сыро. Светлане давно спать пора. А вы обрадовались, что меня нет дома, и готовы баловать хоть до полуночи.

— Маруся, — ответил я, — мы не балуем, мы вертушку приколачиваем. Ты погоди немного, нам всего три гвоздя доколотить осталось.

— Завтра доколотите! — приказала Маруся. — А сейчас слезайте, или я совсем рассержусь.

Переглянулись мы со Светланой. Видим, плохо наше дело. Взяли и слезли. Но на Марусю обиделись.

И хотя Маруся принесла со станции Светлане большое яблоко, а мне пачку табаку, — всё равно обиделись.

Так с обидой и уснули.

А утром — ещё новое дело! Только что мы проснулись, подходит Маруся и спрашивает:

— Лучше сознавайтесь, озорной народ, что в чулане мою голубую чашку разбили!

А я чашки не разбивал. И Светлана говорит, что не разбивала тоже. Посмотрели мы с ней друг на друга и подумали оба, что уж это на нас Маруся говорит совсем напрасно.

Но Маруся нам не поверила.

— Чашки, — говорит она, — не живые: ног у них нет. На пол они прыгать не умеют. А кроме вас двоих в чулан никто вчера не лазил. Разбили и не сознаётесь. Стыдно, товарищи!

После завтрака Маруся вдруг собралась и отправилась в город, а мы сели и задумались.

Вот тебе и на лодке поехали!

И солнце к нам в окна заглядывает. И воробьи по песчаным дорожкам скачут. И цыплята сквозь деревянный плетень со двора на улицу и с улицы на двор шмыгают.

А нам совсем не весело.

— Что ж! — говорю я Светлане. — С крыши нас с тобой вчера согнали. Банку из-под керосина у нас недавно отняли. За какую-то голубую чашку напрасно выругали. Разве же это хорошая жизнь?

— Конечно, — говорит Светлана, — жизнь совсем плохая.

— А давай-ка, Светлана, надень ты своё розовое платье. Возьмём мы из-за печки мою походную сумку, положим туда твоё яблоко, мой табак, спички, нож, булку и уйдём из этого дома куда глаза глядят.

Подумала Светлана и спрашивает:

— А куда твои глаза глядят?

— А глядят они, Светлана, через окошко, вот на ту жёлтую поляну, где пасётся хозяйкина корова. А за поляной, я знаю, гусиный пруд есть, а за прудом водяная мельница, а за мельницей на горе берёзовая роща. А что там за горой — уж этого я и сам не знаю.

— Ладно, — согласилась Светлана, — возьмём и хлеб, и яблоко, и табак, а только захвати ты с собой ещё толстую палку, потому что где-то в той стороне живёт ужасная собака Полкан. И говорили мне про неё мальчишки, что она одного чуть-чуть до смерти не заела.

Так мы и сделали. Положили в сумку что надо было, закрыли все пять окон, заперли обе двери, а ключ подсунули под крыльцо.

Прощай, Маруся! А чашки твоей мы всё равно не разбивали.

Вышли мы за калитку, а навстречу нам молочница.

— Молока надо?

— Нет, бабка! Нам больше ничего не надо.

— У меня молоко свежее, хорошее, от своей коровы, — обиделась молочница. — Вернётесь, так пожалеете.

Загромыхала она своими холодными бидонами и пошла дальше. А где ей догадаться, что мы далеко уходим и, может, не вернёмся?

Да и никто об этом не догадывался. Прокатил на велосипеде загорелый мальчишка. Прошагал, наверное в лес за грибами, толстый дядька в трусах и с трубкой. Прошла белокурая девица с мокрыми после купания волосами. А знакомых мы никого не встретили.

Выбрались мы через огороды на жёлтую от куриной слепоты поляну, сняли сандалии и по тёплой тропинке пошли босиком через луг прямо на мельницу.

Идём мы, идём и вот видим, что от мельницы во весь дух мчится нам навстречу какой-то человек. Пригнулся он, а из-за ракитовых кустов летят ему в спину комья земли. Странно нам это показалось. Что такое? У Светланы глаза зоркие, остановилась она и говорит:

— А я знаю, кто это бежит. Это мальчишка, Санька Карякин, который живёт возле того дома, где чьи-то свиньи в сад на помидорные грядки залезли. Он вчера ещё против нашей дачи на чужой козе верхом катался. Помнишь?

Добежал до нас Санька, остановился и слёзы ситцевым кульком вытирает. А мы спрашиваем у него:

— Почему это, Санька, ты во весь дух мчался и почему это за тобой из-за кустов комья летели?

Отвернулся Санька и говорит:

— Меня бабка в колхозную лавку за солью послала. А на мельнице сидит пионер Пашка Букамашкин, и он меня драть хочет.

Посмотрела на него Светлана. Вот так дело!

Разве же есть в Советской стране такой закон, чтобы бежал человек в колхозную лавку за солью, никого не трогал, не задирал и вдруг бы его ни с того ни с сего драть стали?

— Идём с нами, Санька, — говорит Светлана. — Не бойся. Нам по дороге, и мы за тебя заступимся.

Пошли мы втроём сквозь густой ракитник.

— Вот он, Пашка Букамашкин, — сказал Санька и попятился.

Видим мы — стоит мельница. Возле мельницы телега. Под телегой лежит кудластая, вся в репейниках, собачонка и, приоткрыв один глаз, смотрит, как шустрые воробьи клюют рассыпанные по песку зёрна. А на кучке песка сидит без рубахи Пашка Букамашкин и грызёт свежий огурец.

Увидал нас Пашка, но не испугался, а бросил огрызок в собачонку и сказал, ни на кого не глядя:

— Тю!.. Шарик... Тю!.. Вон идёт сюда известный фашист, белогвардеец Санька. Погоди, несчастный фашист! Мы с тобою ещё разделаемся.

Тут Пашка плюнул далеко в песок. Кудластая собачонка зарычала. Испуганные воробьи с шумом взлетели на дерево. А мы со Светланой, услышав такие слова, подошли к Пашке поближе.

— Постой, Пашка, — сказал я. — Может быть, ты ошибся? Какой же это фашист, белогвардеец? Ведь это просто-напросто Санька Карякин, который живёт возле того дома, где чьи-то свиньи в чужой сад на помидорные грядки залезли.

— Всё равно белогвардеец, — упрямо повторил Пашка. — А если не верите, то хотите, я расскажу вам всю его историю?

Тут нам со Светланой очень захотелось узнать всю Санькину историю. Мы сели на брёвна, Пашка напротив. Кудластая собачонка у наших ног, на траву. Только Санька не сел, а, уйдя за телегу, закричал оттуда сердито:

— Ты тогда уже всё рассказывай! И как мне по затылку попало, тоже рассказывай. Думаешь, по затылку не больно? Возьми-ка себе да стукни.

— Есть в Германии город Дрезден, — спокойно сказал Пашка, — и вот из этого города убежал

от фашистов один рабочий, еврей. Убежал и приехал к нам. А с ним девчонка приехала, Берта. Сам он теперь на этой мельнице работает, а Берта с нами играет. Только сейчас она в деревню за молоком побежала. Так вот, играем мы позавчера в чижа: я, Берта, этот человек, Санька, и ещё один из посёлка. Берта бьёт палкой в чижа и попадает нечаянно этому самому Саньке по затылку, что ли...

— Прямо по макушке стукнула, — сказал Санька из-за телеги. — У меня голова загудела, а она ещё смеётся.

— Ну вот, — продолжал Пашка, — стукнула она этого Саньку чижом по макушке. Он сначала на неё с кулаками, а потом ничего. Приложил лопух к голове — и опять с нами играет. Только стал он после этого невозможно жулить. Возьмёт нашагнёт лишний шаг, да и метит чижом прямо на кон.

— Врёшь, врёшь! — выскочил из-за телеги Санька. — Это твоя собака мордой ткнула, вот он, чиж, и подкатился.

— А ты не с собакой играешь, а с нами. Взял бы да и положил чижа на место. Ну вот. Метнул он чижа, а Берта как хватит палкой, так этот чиж прямо на другой конец поля, в крапиву, перелетел. Нам смешно, а Санька злится. Понятно, бежать ему за чижом в крапиву неохота... Перелез через забор и орёт оттуда: «Дура, жидовка! Чтоб ты в свою Германию обратно провалилась!» А Берта дуру по-русски уже хорошо понимает, а жидовку ещё не понимает никак. Подходит она ко мне и спрашивает: «Это что такое жидовка?» А мне и сказать совестно. Я кричу: «Замолчи, Санька!» А он нарочно всё громче и громче кричит. Я — за ним че-

рез забор. Он — в кусты. Так и скрылся. Вернулся я — гляжу: палка валяется на траве, а Берта сидит в углу на брёвнах. Я зову: «Берта!» Она не отвечает. Подошёл я — вижу: на глазах у неё слёзы. Значит, сама догадалась. Поднял я тогда с земли камень, сунул в карман и думаю: «Ну, погоди, проклятый Санька! Это тебе не Германия. С твоим-то фашизмом мы и сами справимся!»

Посмотрели мы на Саньку и подумали: «Ну, брат, плохая у тебя история. Даже слушать противно. А мы-то ещё собирались за тебя заступиться».

И только хотел я это сказать, как вдруг дрогнула и зашумела мельница, закрутилось по воде отдохнувшее колесо. Выскочила из мельничного окна обсыпанная мукой, ошалелая от испуга кошка. Спросонок промахнулась и свалилась прямо на спину задремавшему Шарику. Шарик взвизгнул и подпрыгнул. Кошка метнулась на дерево, воробьи с дерева — на крышу. Лошадь вскинула морду и дёрнула телегу. А из сарая выглянул какой-то лохматый, серый от муки дядька и, не разобравшись, погрозил длинным кнутом отскочившему от телеги Саньке:

— Но, но... смотри, не балуй, а то сейчас живо выдеру!

Засмеялась Светлана, и что-то жалко ей стало этого несчастного Саньку, которого все хотят выдрать.

— Папа, — сказала она мне. — А может быть, он вовсе не такой уж фашист? Может быть, он просто дурак? Ведь правда, Санька, что ты просто дурак? — спросила Светлана и ласково заглянула ему в лицо.

В ответ Санька только сердито фыркнул, замотал головой, засопел и хотел что-то сказать. А что тут скажешь, когда сам кругом виноват и сказать-то, по правде говоря, нечего.

Но тут Пашкина собачонка перестала вдруг тявкать на кошку и, повернувшись к полю, подняла уши.

Где-то за рощей хлопнул выстрел. Другой. И пошло, и пошло!..

— Бой неподалёку! — вскрикнул Пашка.

— Бой неподалёку, — сказал и я. — Это палят из винтовок. А вот слышите? Это застрочил пулемёт.

— А кто с кем? — дрогнувшим голосом спросила Светлана. — Разве уже война?

Первым вскочил Пашка. За ним помчалась собачонка. Я подхватил на руки Светлану и тоже побежал к роще.

Не успели мы пробежать полдороги, как услышали позади крик. Мы обернулись и увидели Саньку.

Высоко подняв руки, чтобы мы его скорее заметили, он мчался к нам напрямик через канавы и кочки.

— Ишь ты, как козёл скачет! — пробормотал Пашка. — А чем этот дурак над головой размахивает?

— Это не дурак. Это он мои сандалии тащит! — радостно закричала Светлана. — Я их на брёвнах позабыла, а он нашёл и мне их несёт. Ты бы с ним помирился, Пашка!

Пашка насупился и ничего не ответил. Мы подождали Саньку, взяли у него жёлтые Светланины сандалии. И теперь уже вчетвером, с собакой, прошли через рощу на опушку.

Перед нами раскинулось холмистое, поросшее кустами поле. У ручья, позвякивая жестяным бубенчиком, щипала траву привязанная к колышку коза. А в небе плавно летал одинокий коршун. Вот и всё. И больше никого и ничего на этом поле не было.

— Так где же тут война? — нетерпеливо спросила Светлана.

— А сейчас посмотрю, — сказал Пашка и влез на пенёк.

Долго стоял он, щурясь от солнца и закрывая глаза ладонью. И кто его знает, что он там видел, но только Светлане ждать надоело, и она, путаясь в траве, пошла сама искать войну.

— Мне трава высокая, а я низкая, — приподнимаясь на цыпочках, пожаловалась Светлана. — И я совсем не вижу.

— Смотри под ноги, не задень провод, — раздался сверху громкий голос.

Мигом слетел с пенька Пашка. Неуклюже отскочил в сторону Санька. А Светлана бросилась ко мне и крепко схватила меня за руку.

Мы попятились и тут увидели, что прямо над нами, в густых ветвях одинокого дерева, притаился красноармеец.

Винтовка висела возле него на суку. В одной руке он держал телефонную трубку и, не шевелясь, глядел в блестящий чёрный бинокль куда-то на край пустынного поля.

Ещё не успели мы промолвить слова, как издалека, словно гром с перекатами и перегудами, ударил страшный орудийный залп. Вздрогнула под ногами земля. Далеко от нас поднялась над полем целая туча чёрной пыли и дыма. Как сумасшедшая, подпрыгнула и сорвалась с мочальной верёвки коза. А коршун вильнул в небе и, быстро-быстро махая крыльями, умчался прочь.

— Плохо дело фашистам! — громко сказал Пашка и посмотрел на Саньку. — Вот как бьют наши батареи.

— Плохо дело фашистам, — как эхо повторил хриплый голос.

И тут мы увидели, что под кустами стоит седой бородатый старик.

У старика были могучие плечи. В руках он держал тяжёлую суковатую дубинку. А у его ног стояла высокая лохматая собака и скалила зубы на поджавшего хвост Пашкиного Шарика.

Старик приподнял широченную соломенную шляпу, важно поклонился сначала Светлане, потом уже всем нам. Потом он положил дубинку на траву, достал кривую трубку, набил её табаком и стал раскуривать.

Он раскуривал долго, то приминая табак пальцем, то ворочая его гвоздём, как кочергой в печке.

Наконец раскурил и тогда так запыхтел и задымил, что сидевший на дереве красноармеец зачихал и кашлянул.

Тут снова загремела батарея, и мы увидели, что пустое и тихое поле разом ожило, зашумело и зашевелилось. Из-за кустарника, из-за бугров, из-за канав, из-за кочек — отовсюду с винтовками наперевес выскакивали красноармейцы.

Они бежали, прыгали, падали, поднимались снова. Они сдвигались, смыкались, их становилось всё больше и больше; наконец с громкими криками всей громадой они ринулись в штыки

на вершину пологого холма, где ещё дымилось облако пыли и дыма.

Потом всё стихло. С вершины замахал флагами еле нам заметный и точно игрушечный сигналист. Резко заиграла «отбой» военная труба.

Обламывая тяжёлыми сапогами сучья, слез красноармеец-наблюдатель с дерева. Быстро погладил Светлану, сунул ей в руку три блестящих жёлудя и торопливо убежал, сматывая на катушку тонкий телефонный провод.

Военное учение закончилось.

— Ну, видал? — подталкивая Саньку локтем, укоризненно сказал Пашка. — Это тебе не чижом по затылку. Тут вам быстро пособьют макушки.

— Странные я слышу разговоры, — двигаясь вперёд, сказал бородатый старик. — Видно, я шестьдесят лет прожил, а ума не нажил. Ничего мне не понятно. Тут, под горой, наш колхоз «Рассвет». Кругом это наши поля: овёс, гречиха, просо, пшеница. Это на реке наша новая мельница. А там, в роще, наша большая пасека. И над всем этим я главный сторож. Видал я жуликов, ловил и конокрадов, но чтобы на моём участке появился хоть один фашист — при советской власти этого ещё не бывало ни разу. Подойди ко мне, Санька — грозный человек. Дай я на тебя хоть посмотрю. Да постой, постой, ты только слюни подбери и нос вытри. А то мне и так на тебя взглянуть страшно.

Всё это неторопливо сказал насмешливый старик и с любопытством заглянул из-под мохнатых бровей... на вытаращившего глаза изумлённого Саньку.

— Неправда! — шмыгнув носом, завопил оскорблённый Санька. — Я не фашист, а весь советский. А девчонка Берта давно уже не сердится и вчера откусила от моего яблока больше половины. А этот Пашка всех мальчишек на меня натравливает. Сам ругается, а у меня пружину зажулил. Раз я фашист, значит, и пружина фашистская.

А он из неё для своей собаки какую-то качалку сделал. Я ему говорю: «Давай, Пашка, помиримся», — а он говорит: «Сначала отдеру, а потом помиримся».

— Надо без дранья мириться, — убеждённо сказала Светлана. — Надо сцепиться мизинцами, поплевать на землю и сказать: «Ссор, ссор никогда, а мир, мир навсегда». Ну, сцепляйтесь! А ты, главный сторож, крикни на свою страшную собаку, и пусть она нашего маленького Шарика не пугает.

— Назад, Полкан! — крикнул сторож. — Ляжь на землю и своих не трогай!

— Ах вот это кто! Вот он, Полкан-великан, лохматый и зубатый.

Постояла Светлана, покрутилась, подошла поближе и погрозила пальцем:

— И я своя, а своих не трогай!

Поглядел Полкан: глаза у Светланы ясные, руки пахнут травой и цветами. Улыбнулся и вильнул хвостом.

Завидно тогда стало Саньке с Пашкой, подвинулись они и тоже просят:

— И мы свои, а своих не трогай!

Подозрительно потянул Полкан носом: не пахнет ли от хитрых мальчишек морковкой из колхозных огородов? Но тут, как нарочно, вздымая пыль, понёсся по тропинке шальной жеребёнок. Чихнул Полкан, так и не разобравши. Тронуть —

не тронул, но хвостом не вильнул и гладить не позволил.

— Нам пора, — спохватился я. — Солнце высоко, скоро полдень. Ух, как жарко!

— До свидания! — звонко попрощалась со всеми Светлана. — Мы опять уходим далёко.

— До свидания! — дружно ответили уже помирившиеся ребятишки. — Приходите к нам опять издалёка.

— До свидания, — улыбнулся глазами сторож. — Я не знаю, куда вы идёте и чего ищете, но только знайте: самое плохое для меня далёко — это налево у реки, где стоит наше старое сельское кладбище. А самое хорошее далёко — это направо, через луг, через овраги, где роют камень. Дальше идите перелеском, обогнёте болото. Там, над озером, раскинулся большущий сосновый лес. Есть в нём и грибы, и цветы, и малина. Там стоит на берегу дом. В нём живут моя дочь Валентина и её сын Фёдор. И если туда попадёте, то от меня им поклонитесь.

Тут чудной старик приподнял свою шляпу, свистнул собаку, запыхтел трубкой, оставляя за собой широкую полосу густого дыма, и зашагал к жёлтому гороховому полю.

Переглянулись мы со Светланой — что нам печальное кладбище! Взялись мы за руки и повернули направо, в самое хорошее далёко.

Перешли мы луга и спустились в овраги.

Видели мы, как из чёрных глубоких ям тащат люди белый, как сахар, камень. И не один какой-нибудь завалящийся камешек. Навалили уже целую гору. А колёса всё крутятся, тачки скрипят. И ещё везут. И ещё наваливают.

Видно, немало всяких камней под землёй запрятано.

Захотелось и Светлане заглянуть под землю. Долго, лёжа на животе, смотрела она в чёрную яму. А когда оттащил я её за ноги, то рассказала она, что видела сначала только одну темноту. А потом разглядела под землёй какое-то чёрное море, и кто-то там в море шумит и ворочается. Должно быть, рыба акула с двумя хвостами, один хвост спереди, другой — сзади. И ещё почудился ей Страшила в триста двадцать пять ног. И с одним золотым глазом. Сидит Страшила и гудит.

Хитро посмотрел я на Светлану и спросил, не видала ли она там заодно пароход с двумя трубами, серую обезьянку на дереве и белого медведя на льдине.

Подумала Светлана, вспомнила. И оказывается, что тоже видала.

Погрозил я ей пальцем: ой, не врёт ли? Но она в ответ рассмеялась и со всех ног пустилась бежать.

Шли мы долго, часто останавливались, отдыхали и рвали цветы. Потом, когда тащить надоедало, оставляли букеты на дороге.

Я один букет бросил старой бабке в телегу. Испугалась сначала бабка, не разобравши, что такое, и погрозила нам кулаком. Но потом увидала, улыбнулась и кинула с воза три больших зелёных огурца.

Огурцы мы подняли, вытерли, положили в сумку и весело пошли своей дорогой.

Встретили мы на пути деревеньку, где живут те, что пашут землю, сеют в поле хлеб, садят картошку, капусту, свёклу или в садах и огородах работают.

Встретили мы за деревней и невысокие зелёные могилы, где лежат те, что своё уже отсеяли и отработали.

Попалось нам дерево, разбитое молнией.

Наткнулись мы на табун лошадей, из которых каждая — хоть самому Будённому.

Увидали мы и попа в длинном чёрном халате. Посмотрели ему вслед и подивились тому, что остались ещё на свете чудаки-люди.

Потом забеспокоились мы, когда потемнело небо. Сбежались отовсюду облака. Окружили они, поймали и закрыли солнце. Но оно упрямо вырывалось то в одну, то в другую дыру. Наконец вырвалось и засверкало над огромной землёй ещё горячей и ярче.

Далеко позади остался наш серый домик с деревянной крышей.

И Маруся, должно быть, давно уже вернулась. Поглядела — нет. Поискала — не нашла. Сидит и ждёт, глупая!

— Папа! — сказала наконец уставшая Светлана. — Давай с тобой где-нибудь сядем и что-нибудь поедим.

Стали искать и нашли мы такую полянку, какая не каждому попадётся на свете.

С шумом распахнулись перед нами пышные ветки дикого орешника. Встала остриём к небу молодая серебристая ёлка. И тысячами, ярче, чем флаги в Первое мая — синие, красные, голубые, лиловые, — окружали ёлку душистые цветы и стояли не шелохнувшись.

Даже птицы не пели над той поляной — так было тихо.

Только серая дура-ворона бухнулась с лёту на ветку, огляделась, что не туда попала, каркнула от удивления: «Карр... карр...» — и сейчас же улетела прочь к своим поганым мусорным ямам.

— Садись, Светлана, стереги сумку, а я схожу и наберу в фляжку воды. Да не бойся: здесь

живёт всего только один зверь — длинноухий заяц.

— Даже тысячи зайцев я и то не боюсь, — смело ответила Светлана, — но ты приходи поскорее всё-таки.

Вода оказалась не близко, и, возвращаясь, я уже беспокоился о Светлане.

Но она не испугалась и не плакала, а пела.

Я спрятался за кустом и увидел, что рыжеволосая толстая Светлана стояла перед цветами, которые поднимались ей до плеч, и с воодушевлением распевала такую только что сочинённую песню:

Гей!.. Гей!..
Мы не разбивали голубой чашки.
Нет!.. Нет!..
В поле ходит сторож полей.
Но мы не лезли за морковкой в огород.
И я не лазила, и он не лез.
А Санька один раз в огород лез.
Гей!.. Гей!..
В поле ходит Красная Армия.
(Это она пришла из города.)
Красная Армия — самая красная,
А белая армия — самая белая.
Тру-ру-ру! Тра-та-та!
Это барабанщики,
Это лётчики,

Это барабанщики летят на самолётах.
И я, барабанщица... здесь стою.

Молча и торжественно выслушали эту песню высокие цветы и тихо закивали Светлане своими пышными головками.

— Ко мне, барабанщица! — крикнул я, раздвигая кусты. — Есть холодная вода, красные яблоки, белый хлеб и жёлтые пряники. За хорошую песню ничего не жалко.

Чуть-чуть смутилась Светлана. Укоризненно качнула головой и, совсем как Маруся, прищурив глаза, сказала:

— Спрятался и подслушивает. Стыдно, дорогой товарищ!

Вдруг Светлана притихла и задумалась.

А тут ещё, пока мы ели, вдруг спустился на ветку серый чиж и что-то такое зачирикал.

Это был смелый чиж. Он сидел прямо напротив нас, подпрыгивал, чирикал и не улетал.

— Это знакомый чиж, — твёрдо решила Светлана. — Я его видела, когда мы с мамой качались в саду на качелях. Она меня высоко качала. Фють!.. Фють!.. И зачем он к нам прилетел так далеко?

— Нет! Нет! — решительно ответил я. — Это совсем другой чиж. Ты ошиблась, Светлана. У того чижа на хвосте не хватает перьев, которые выдрала ему хозяйкина одноглазая кошка.

Тот чиж потолще, и он чирикает совсем не таким голосом.

— Нет, тот самый! — упрямо повторила Светлана. — Я знаю. Это он за нами прилетел так далеко.

— Гей, гей! — печальным басом пропел я. — Но мы не разбивали голубой чашки. И мы решили уйти насовсем далеко.

Сердито чирикнул серый чиж. Ни один цветок из целого миллиона не качнулся и не кивнул головой. И нахмурившаяся Светлана строго сказала:

— У тебя не такой голос. И люди так не поют. А только медведи.

Молча собрались мы. Вышли из рощи. И вот мне на счастье засверкала под горой прохладная голубая река.

И тогда я поднял Светлану. И когда она увидала песчаный берег, зелёные острова, то позабыла всё на свете и, радостно захлопав в ладоши, закричала:

— Купаться! Купаться! Купаться!

Чтобы сократить путь, мы пошли к речке напрямик через сырые луга.

Вскоре мы оказались перед густыми зарослями болотного кустарника. Возвращаться нам не хотелось, и мы решили как-нибудь пробраться. Но чем дальше мы продвигались, тем крепче стягивалось вокруг нас болото.

Мы кружили по болоту, поворачивали направо, налево, перебирались по хлюпким жёрдочкам, прыгали с кочки на кочку. Промокли, измазались, но выбраться не могли никак.

А где-то совсем неподалёку за кустами ворочалось и мычало стадо, щёлкал кнутом пастух и сердито лаяла почуявшая нас собачонка. Но мы не видели ничего, кроме ржавой болотной воды, гнилого кустарника и осоки.

Уже тревога выступила на веснушчатом лице притихшей Светланки. Чаще и чаще она оборачивалась, заглядывая мне в лицо с молчаливым упрёком: «Что ж это, папка? Ты большой, сильный, а нам совсем плохо!»

— Стой здесь и не сходи с места! — приказал я, поставив Светлану на клочок сухой земли.

Я завернул в чащу, но и в той стороне оказалась только переплетённая жирными болотными цветами зелёная жижа.

Я вернулся и увидел, что Светлана вовсе не стоит, а осторожно, придерживаясь за кусты, пробирается мне навстречу.

— Стой, где поставили! — резко сказал я.

Светлана остановилась. Глаза её замигали, и губы дёрнулись.

— Что же ты кричишь? — дрогнувшим голосом тихо спросила она. — Я босая, а там лягушки — и мне страшно.

И очень жалко стало мне тогда попавшую из-за меня в беду Светланку.

— Нá, возьми палку, — крикнул я, — и бей их, негодных лягушек, по чему попало! Только стой на месте! Сейчас переберёмся.

Я опять свернул в чащу и рассердился. Что это? Разве сравнить это поганое болотце с бескрайними камышами широкого Приднепровья или с угрюмыми плавнями Ахтырки, где громили и душили мы когда-то белый врангельский десант!

С кочки на кочку, от куста к кусту. Раз — и по пояс в воду. Два — и захрустела сухая осина. Вслед за осиной полетело в грязь трухлявое бревно. Тяжело плюхнулся туда же гнилой пень. Вот и опора. Вот ещё одна лужа. А вот он и сухой берег.

И, раздвинув тростник, я очутился возле испуганно подскочившей козы.

— Эге-гей! Светлана! — закричал я. — Ты стоишь?

— Эге-гей! — тихо донёсся из чащи жалобный тоненький голос. — Я сто-о-ю!

Мы выбрались к реке. Мы счистили всю грязь и тину, которые облепили нас со всех сторон. Мы выполоскали одежду, и, пока она сохла на раскалённом песке, мы купались.

И все рыбы с ужасом умчались прочь в свою глубокую глубину, когда мы с хохотом взбивали сверкающие пенистые водопады.

И чёрный усатый рак, которого я вытащил из его подводной страны, ворочая своими круглыми глазами, в страхе забился и запрыгал: должно быть, впервые увидал такое нестерпимо яркое солнце и такую нестерпимо рыжую девчонку.

И тогда, изловчившись, он злобно хватил Светлану за палец. С криком отбросила его Свет-

лана в самую середину гусиного стада. Шарахнулись в стороны глупые толстые гусята.

Но подошёл сбоку старый серый гусь. Много он видал и пострашней на свете. Скосил он голову, посмотрел одним глазом, клюнул — тут ему, раку, и смерть пришла.

...Но вот мы выкупались, обсохли, оделись и пошли дальше.

И опять нам всякого по пути попадалось немало: и люди, и кони, и телеги, и машины, и даже серый зверь — ёж, которого мы прихватили с собой. Да только он скоро наколол нам руки, и мы его столкнули в студёный ручей.

Фыркнул ёж и поплыл на другой берег. «Вот, — думает, — безобразники! Поищи-ка теперь отсюда свою нору».

И вышли мы наконец к озеру.

Здесь-то и кончалось самое далёкое поле колхоза «Рассвет», а на том берегу уже расстилались земли «Красной зари».

Тут мы увидели на опушке бревенчатый дом и сразу же догадались, что здесь живёт дочь сторожа Валентина и её сын Фёдор.

Мы подошли к ограде с той стороны, откуда караулили усадьбу высокие, как солдаты, цветы — подсолнухи.

На крыльце, в саду, стояла сама Валентина. Была она высокая, широкоплечая, как и её отец, сторож. Ворот голубой кофты был распахнут.

В одной руке она держала половую щётку, а в другой — мокрую тряпку.

— Фёдор! — строго кричала она. — Ты куда, негодник, серую кастрюлю задевал?

— Во-на! — раздался из-под малины важный голос, и белобрысый Фёдор показал на лужу, где плавала гружённая щепками и травой кастрюля.

— А куда, бесстыдник, решето спрятал?

— Во-на! — всё так же важно ответил Фёдор и показал на придавленное камнем решето, под которым что-то ворочалось.

— Вот погоди, атаман!.. Придёшь домой, я тебя мокрой тряпкой приглажу, — пригрозила Валентина и, увидав нас, одёрнула подоткнутую юбку.

— Здравствуйте! — сказал я. — Вам отец шлёт поклон.

— Спасибо! — отозвалась Валентина. — Заходите в сад, отдохните.

Мы прошли через калитку и улеглись под спелой яблоней.

Толстый сын Фёдор был только в одной рубашке, а перепачканные глиной мокрые штаны валялись в траве.

— Я малину ем, — серьёзно сообщил нам Фёдор. — Два куста объел. И ещё буду.

— Ешь на здоровье, — пожелал я. — Только смотри, друг, не лопни.

Фёдор остановился, потыкал себя кулаком в живот, сердито взглянул на меня и, захватив свои штаны, вперевалку пошёл к дому.

Долго мы лежали молча. Мне показалось, что Светлана уснула. Я повернулся к ней и увидел, что она вовсе не спит, а, затаив дыхание, смотрит на серебристую бабочку, которая тихонько ползёт по рукаву её розового платья.

И вдруг раздался мощный рокочущий гул, воздух задрожал, и блестящий самолёт, как буря, промчался над вершинами тихих яблонь.

Вздрогнула Светлана, вспорхнула бабочка, слетел с забора жёлтый петух, с криком промелькнула поперёк неба испуганная галка — и всё стихло.

— Это тот самый лётчик пролетел, — с досадой сказала Светлана, — это тот, который приходил к нам вчера.

— Почему же тот? — приподнимая голову, спросил я. — Может быть, это совсем другой.

— Нет, тот самый. Я сама вчера слышала, как он сказал маме, что он улетает завтра далеко и насовсем. Я ела красный помидор, а мама ему ответила: «Ну, прощайте. Счастливый путь»...

— Папка, — усаживаясь мне на живот, попросила Светлана, — расскажи что-нибудь про маму. Ну, например, как всё было, когда меня ещё не было.

— Как было? Да всё так же и было. Сначала день, потом ночь, потом опять день, и ещё ночь...

— И ещё тысячу дней! — нетерпеливо перебила Светлана. — Ну, вот ты и расскажи, что в эти дни было. Сам знаешь, а притворяешься...

— Ладно, расскажу, только ты слезь с меня на траву, а то мне рассказывать тяжело будет. Ну, слушай!..

Было тогда нашей Марусе семнадцать лет. Напали на их городок белые, схватили они Марусиного отца и посадили его в тюрьму. А матери у ней давно уж не было, и осталась наша Маруся совсем одна...

— Что-то её жалко становится, — подвигаясь поближе, вставила Светлана. — Ну, рассказывай дальше.

— Накинула Маруся платок и выбежала на улицу. А на улице белые солдаты ведут в тюрьму и рабочих и работниц. А буржуи, конечно, белым рады, и всюду в ихних домах горят огни, играет музыка. И некуда нашей Марусе пойти, и некому рассказать ей про своё горе...

— Что-то уже совсем жалко, — нетерпеливо перебила Светлана. — Ты, папка, до красных скорее рассказывай.

— Вышла тогда Маруся за город. Луна светила. Шумел ветер. И раскинулась перед Марусей широкая степь...

— С волками?

— Нет, без волков. Волки тогда от стрельбы все по лесам попрятались. И подумала Маруся: «Убегу я через степь в город Белгород. Там стоит Красная Армия товарища Ворошилова. Он, говорят, очень храбрый. И если попросить, то, может быть, и поможет».

А того не знала глупая Маруся, что не ждёт никогда Красная Армия, чтобы её просили. А сама она мчится на помощь туда, где напали белые. И уже близко от Маруси продвигаются по степи наши красноармейские отряды. И каждая винтовка заряжена на пять патронов, а каждый пулемёт — на двести пятьдесят.

Ехал я тогда по степи с военным дозором. Вдруг мелькнула чья-то тень и сразу — за бугор. «Ага! — думаю. — Стой: белый разведчик. Дальше не уйдёшь никуда».

Ударил я коня шпорами. Выскочил за бугор. Гляжу — что за чудо: нет белого разведчика, а стоит под луной какая-то девчонка. Лица не видно, и только волосы по ветру развеваются.

Соскочил я с коня, а наган на всякий случай в руке держу. Подошёл и спрашиваю: «Кто ты и зачем в полночь по степи бегаешь?»

А луна вышла бо-ольшая, большущая! Увидала девчонка на моей папахе красноармейскую звезду, обняла меня и заплакала.

Вот тут-то мы с ней, с Марусей, и познакомились.

А под утро из города белых мы выбили. Тюрьмы раскрыли и рабочих выпустили.

Вот лежу я днём в лазарете. Грудь у меня немного прострелена. И плечо болит: когда с коня падал, о камень ударился.

Приходит ко мне мой командир эскадрона и говорит:

«Ну, прощай, уходим мы дальше за белыми. Нá тебе в подарок от товарищей хорошего табаку и бумаги, лежи спокойно и скорее выздоравливай».

Вот и день прошёл. Здравствуй, вечер! И грудь болит, и плечо ноет. И на сердце скучно. Скучно, друг Светлана, одному быть без товарищей!

Вдруг раскрылась дверь, и быстро, бесшумно вошла на носках Маруся! И так я тогда обрадовался, что даже вскрикнул.

А Маруся подошла, села рядом и положила руку на мою совсем горячую голову и говорит:

«Я тебя весь день после боя искала. Больно тебе, милый?»

А я говорю:

«Наплевать, что больно, Маруся. Отчего ты такая бледная?»

«Ты спи, — ответила Маруся. — Спи крепко. Я около тебя все дни буду».

Вот тогда-то мы с Марусей во второй раз встретились и с тех пор уж всегда жили вместе.

— Папка, — взволнованно спросила тогда Светлана. — Это ведь мы не по правде ушли из дома? Ведь она нас любит. Мы только походим, походим и опять придём.

— Откуда ты знаешь, что любит? Может быть, тебя ещё любит, а меня уже нет.

— Ой, врё-ёшь! — покачала головой Светлана. — Я вчера ночью проснулась, смотрю, мама отложила книгу, повернулась к тебе и долго на тебя смотрит.

— Эко дело, что смотрит! Она и в окошко смотрит, на всех людей смотрит! Есть глаза, вот и смотрит.

— Ой, нет! — убеждённо возразила Светлана. — Когда в окошко, то смотрит совсем не так, а вот как...

Тут Светлана вздёрнула тоненькие брови, склонила набок голову, поджала губы и равнодушно взглянула на проходившего мимо петуха.

— А когда любят, смотрят не так.

Как будто бы сияние озарило голубые Светланкины глаза, вздрогнули опустившиеся ресницы, и милый задумчивый Марусин взгляд упал мне на лицо.

— Разбойница! — подхватывая Светлану, крикнул я. — А как ты на меня вчера смотрела, когда разлила чернила?

— Ну, тогда ты меня за дверь выгнал, а выгнатые смотрят всегда сердито.

Мы не разбивали голубой чашки. Это, может быть, сама Маруся как-нибудь разбила. Но мы её простили. Мало ли кто на кого понапрасну плохое подумает? Однажды и Светлана на меня подумала. Да я и сам на Марусю плохое подумал тоже. И я пошёл к хозяйке Валентине, чтобы спросить, нет ли нам к дому дороги поближе.

— Сейчас муж на станцию поедет, — сказала Валентина. — Он вас довезёт до самой мельницы, а там уже и недалеко.

Возвращаясь в сад, я встретил у крыльца смущённую Светлану.

— Папа, — таинственным шёпотом сообщила она, — этот сын Фёдор вылез из малины и тянет из твоего мешка пряники.

Мы пошли к яблоне, но хитрый сын Фёдор, увидав нас, поспешно скрылся в гуще подзаборных лопухов.

— Фёдор! — позвал я. — Иди сюда, не бойся.

Верхушки лопухов закачались, и было ясно, что Фёдор решительно удаляется прочь.

— Фёдор! — повторил я. — Иди сюда. Я тебе все пряники отдам.

Лопухи перестали качаться, и вскоре из чащи донеслось тяжёлое сопение.

— Я стою, — раздался наконец сердитый голос, — тут без штанов, везде крапива.

Тогда, как великан над лесом, зашагал я через лопухи, достал сурового Фёдора и высыпал перед ним все остатки из мешка.

Он неторопливо подобрал всё в подол рубашки и, не сказав даже «спасибо», направился в другой конец сада.

— Ишь какой важный, — неодобрительно заметила Светлана, — снял штаны и ходит как барин!

К дому подкатила запряжённая парой телега. На крыльцо вышла Валентина:

— Собирайтесь, кони хорошие — домчат быстро.

Опять показался Фёдор. Был он теперь в штанах и, быстро шагая, тащил за шиворот хорошенького дымчатого котёнка. Должно быть, котёнок привык к таким ухваткам, потому что он не вырывался, не мяукал, а только нетерпеливо вертел пушистым хвостом.

— На́! — сказал Фёдор и сунул котёнка Светлане.

— Насовсем? — обрадовалась Светлана и нерешительно взглянула на меня.

— Берите, берите, если надо, — предложила Валентина. — У нас этого добра много. Фёдор! А ты зачем пряники в капустные грядки спрятал? Я через окно всё видела.

— Сейчас пойду ещё дальше спрячу, — успокоил её Фёдор и ушёл вперевалку, как важный косолапый медвежонок.

— Весь в деда, — улыбнулась Валентина. — Этакий здоровила. А всего только четыре года.

Мы ехали широкой ровной дорогой. Наступал вечер. Шли нам навстречу с работы усталые, но весёлые люди.

Прогрохотал в гараж колхозный грузовик.

Пропела в поле военная труба.

Звякнул в деревне сигнальный колокол.

Загудел за лесом тяжёлый-тяжёлый паровоз. Туу!.. Ту!.. Крутитесь, колёса, торопитесь, вагоны, дорога железная, длинная, далёкая!

И, крепко прижимая пушистого котёнка, под стук телеги счастливая Светлана распевала такую песню:

Чики-чики!
Ходят мыши.
Ходят с хвостами,
Очень злые.
Лезут всюду.
Лезут на полку.

Трах-тарарах!
И летит чашка.
А кто виноват?
Ну, никто не виноват.
Только мыши
Из чёрных дыр.

— Здравствуйте, мыши!
Мы вернулись.
И что же такое
С собой несём?..
Оно мяукает,
Оно прыгает
И пьёт из блюдечка молоко.
Теперь убирайтесь
В чёрные дыры,
Или оно вас разорвёт
На куски,
На десять кусков,
На двадцать кусков,
На сто миллионов
Лохматых кусков.

Возле мельницы мы спрыгнули с телеги.

Слышно было, как за оградой Пашка Букамашкин, Санька, Берта и ещё кто-то играли в чижа.

— Ты не жульничай! — кричал Берте возмущённый Санька. — То на меня говорили, а то сами нашагивают.

— Кто-то там опять нашагивает, — объяснила Светлана, — должно быть, сейчас снова поругаются. — И, вздохнув, она добавила: — Такая уж игра!

С волнением приближались мы к дому. Оставалось только завернуть за угол и подняться наверх.

Вдруг мы растерянно переглянулись и остановились.

Ни дырявого забора, ни высокого крыльца ещё не было видно, но уже показалась деревянная крыша нашего серого домика, и над ней с весёлым жужжанием крутилась наша роскошная сверкающая вертушка.

— Это мамка сама на крышу лазила! — взвизгнула Светлана и рванула меня вперёд.

Мы вышли на горку.

Оранжевые лучи вечернего солнца озарили крыльцо. И на нём, в красном платье, без платка и в сандалиях на босу ногу, стояла и улыбалась наша Маруся.

— Смейся, смейся! — разрешила ей подбежавшая Светлана. — Мы тебя всё равно уже простили.

Подошёл и я, посмотрел Марусе в лицо.

Глаза Маруси были карие, и смотрели они ласково. Видно было, что ждала она нас долго, наконец-то дождалась и теперь крепко рада.

«Нет, — твёрдо решил я, отбрасывая носком сапога валявшиеся черепки голубой чашки. — Это всё только серые злые мыши. И мы не разбивали. И Маруся ничего не разбивала тоже».

...А потом был вечер. И луна и звёзды.

Долго втроём сидели мы в саду, под спелой вишней, и Маруся нам рассказывала, где была, что делала и что видела.

А уж Светланкин рассказ затянулся бы, вероятно, до полуночи, если бы Маруся не спохватилась и не погнала её спать.

— Ну что?! — забирая с собой сонного котёнка, спросила меня хитрая Светланка. — А разве теперь у нас жизнь плохая?

Поднялись и мы.

Золотая луна сияла над нашим садом.

Прогремел на север далёкий поезд.

Прогудел и скрылся в тучах полуночный лётчик.

— А жизнь, товарищи... была совсем хорошая!

1935

Горячий камень

I

Жил на селе одинокий старик. Был он слаб, плёл корзины, подшивал валенки, сторожил от мальчишек колхозный сад и тем зарабатывал свой хлеб.

Он пришёл на село давно, издалека, но люди сразу поняли, что этот человек немало хватил горя. Был он хром, не по годам сед. От щеки его через губы пролёг кривой рваный шрам. И поэтому, даже когда он улыбался, лицо его казалось печальным и суровым.

II

Однажды мальчик Ивашка Кудряшкин полез в колхозный сад, чтобы набрать там яблок и тайно насытиться ими до отвала. Но, зацепив штаниной за гвоздь ограды, он свалился в колючий крыжовник, оцарапался, взвыл и тут же был сторожем схвачен.

Конечно, старик мог бы стегануть Ивашку крапивой или, что ещё хуже, отвести его в школу и рассказать там, как было дело.

Но старик сжалился над Ивашкой. Руки у Ивашки были в ссадинах, позади, как овечий хвост, висел клок от штанины, а по красным щекам текли слёзы.

Молча вывел старик через калитку и отпустил перепуганного Ивашку восвояси, так и не дав

ему ни одного тычка и даже не сказав вдогонку ни одного слова.

III

От стыда и горя Ивашка забрёл в лес, заблудился и попал на болото. Наконец он устал. Опустился на торчавший из мха голубой камень, но тотчас же с воплем подскочил, так как ему показалось, что он сел на лесную пчелу и она его через дыру штанов больно ужалила.

Однако никакой пчелы на камне не было. Этот камень был, как уголь, горячий, и на плоской поверхности его проступали закрытые глиной буквы.

Ясно, что камень был волшебный! [illegible] это Ивашка смекнул сразу. Он сбросил башмак и торопливо начал оббивать каблуком с надписей глину, чтобы поскорее узнать: что с этого камня может он взять для себя пользы и толку.

И вот он прочёл такую надпись:

КТО СНЕСЁТ ЭТОТ КАМЕНЬ НА ГОРУ
И ТАМ РАЗОБЬЁТ ЕГО НА ЧАСТИ, ТОТ ВЕРНЁТ
СВОЮ МОЛОДОСТЬ И НАЧНЁТ ЖИТЬ СНАЧАЛА

Ниже стояла печать, но не простая, круглая, как в сельсовете, и не такая, треугольником, как на талонах в кооперативе, а похитрее: два креста, три хвоста, дырка с палочкой и четыре запятые.

Тут Ивашка Кудряшкин огорчился. Ему было всего восемь лет — девятый. И жить начинать сначала, то есть опять на второй год оставаться в первом классе, ему не хотелось вовсе.

Вот если бы через этот камень, не уча заданных в школе уроков, можно было из первого класса перескакивать сразу в третий — это другое дело!

Но всем и давно уже известно, что такого могущества даже у самых волшебных камней никогда не бывает.

IV

Проходя мимо сада, опечаленный Ивашка опять увидел старика, который, кашляя, часто останавливаясь и передыхая, нёс ведро извёстки, а на плече держал палку с мочальной кистью.

Тогда Ивашка, который был по натуре мальчиком добрым, подумал: «Вот идёт человек, который очень свободно мог хлестнуть меня крапивой. Но он пожалел меня. Дай-ка теперь я его пожалею и верну ему молодость, чтобы он не кашлял, не хромал и не дышал так тяжко».

Вот с какими хорошими мыслями подошёл к старику благородный Ивашка и прямо объяснил ему, в чём дело. Старик сурово поблагодарил Ивашку, но уйти с караула на болото отказался, потому что были ещё на свете такие люди, которые, очень просто, могли бы за это время колхозный сад от фруктов очистить.

И старик приказал Ивашке, чтобы тот сам выволок камень из болота в гору. А он потом придёт туда ненадолго и чем-нибудь скоренько по камню стукнет.

Очень огорчил Ивашку такой поворот дела.

Но рассердить старика отказом он не решился. На следующее утро, захватив крепкий мешок и холщовые рукавицы, чтобы не обжечь о камень руки, отправился Ивашка на болото.

V

Измазавшись грязью и глиной, с трудом вытянул Ивашка камень из болота и, высунув язык, лёг у подножия горы на сухую траву.

«Вот! — думал он. — Теперь вкачу я камень на гору, придёт хромой старик, разобьёт камень, помолодеет и начнёт жить сначала. Люди говорят, что хватил он немало горя. Он стар, одинок, избит, изранен и счастливой жизни, конечно, никогда не видел. А другие люди её видели». На что он, Ивашка, молод, а и то уже три раза он такую жизнь видел. Это — когда он опаздывал на урок и совсем незнакомый шофёр подвёз его на блестящей легковой машине от конюшни колхозной до самой школы. Это — когда весной голыми руками он поймал в канаве большую щуку. И, наконец, когда дядя Митрофан взял его с собой в город на весёлый праздник Первое мая.

«Так пусть же и несчастный старик хорошую жизнь увидит», — великодушно решил Ивашка.

Он встал и терпеливо потянул камень в гору.

VI

И вот перед закатом к измученному и продрогшему Ивашке, который, съёжившись, сушил грязную, промокшую одежду возле горячего камня, пришёл на гору старик.

— Что же ты, дедушка, не принёс ни молотка, ни топора, ни лома? — вскричал удивлённый Ивашка. — Или ты надеешься разбить камень рукою?

— Нет, Ивашка, — отвечал старик, — я не надеюсь разбить его рукой. Я совсем не буду разбивать камень, потому что я не хочу начинать жить сначала.

Тут старик подошёл к изумлённому Ивашке, погладил его по голове. Ивашка почувствовал, что тяжёлая ладонь старика вздрагивает.

— Ты, конечно, думал, что я стар, хром, уродлив и несчастен, — говорил старик Ивашке. — А на самом деле я самый счастливый человек на свете.

Ударом бревна мне переломило ногу, — но это тогда, когда мы — ещё неумело — валили заборы и строили баррикады, поднимали восстание против царя, которого ты видел только на картинке.

Мне вышибли зубы, — но это тогда, когда, брошенные в тюрьмы, мы дружно пели революционные песни. Шашкой в бою мне рассекли лицо, — но это тогда, когда первые народные полки уже били и громили белую вражескую армию.

На соломе, в низком холодном бараке метался я в бреду, больной тифом. И грозней смерти звучали надо мной слова о том, что наша страна в кольце и вражья сила нас одолевает. Но, очнувшись вместе с первым лучом вновь сверкнувшего солнца, узнавал я, что враг опять разбит и что мы опять наступаем.

И, счастливые, с койки на койку протягивали мы друг другу костлявые руки и робко мечтали тогда о том, что пусть хоть не при нас, а после нас наша страна будет такой вот, как она сейчас, — могучей и великой. Это ли ещё, глупый Ивашка, не счастье?! И на что мне иная жизнь? Другая молодость? Когда и моя прошла трудно, но ясно и честно!

Тут старик замолчал, достал трубку и закурил.

— Да, дедушка! — тихо сказал тогда Ивашка. — Но раз так, — то зачем же я старался и тащил этот камень в гору, когда он очень спокойно мог бы лежать на своём болоте?

— Пусть лежит на виду, — сказал старик, — и ты посмотришь, Ивашка, что из этого будет.

VII

С тех пор прошло много лет, но камень тот так и лежит на той горе неразбитым.

И много около него народу побывало. Подойдут, посмотрят, подумают, качнут головой и идут восвояси.

Был на той горе и я однажды. Что-то у меня была неспокойна совесть, плохое настроение.

«А что, — думаю, — дай-ка я по камню стукну и начну жить сначала!»

Однако постоял-постоял и вовремя одумался.

«Э-э! — думаю, скажут, увидав меня помолодевшим, соседи. — Вот идёт молодой дурак! Не сумел он, видно, одну жизнь прожить так, как надо, не разглядел своего счастья и теперь хочет то же начинать сначала».

Скрутил я тогда табачную цигарку. Прикурил, чтобы не тратить спичек, от горячего камня. И пошёл прочь — своей дорогой.

1941

Содержание

УДК 82-32
ББК 84-44
Г14

Гайдар, А.

Г14 Чук и Гек [Текст] : рассказы / Аркадий Гайдар ; [худож. Станислав Бабюк]. — М. : Лабиринт Пресс, 2018. — 117, [3] с. : ил. — (Друзья-приятели).

ISBN 978-5-9287-2903-5

В сборник вошли три рассказа Аркадия Гайдара: «Чук и Гек», «Голубая чашка» и «Горячий камень». Их герои — основательный Чук и мечтательный фантазер Гек, добрый папа Светланы, мудрый сторож и даже строгая Маруся — непременно понравятся маленьким читателям. Книгу проиллюстрировал замечательный художник Станислав Бабюк.

УДК 82-32
ББК 84-44

Литературно-художественное издание

Для детей 7–10 лет

ДРУЗЬЯ-ПРИЯТЕЛИ

Гайдар Аркадий Петрович

Чук и Гек

Рассказы

Художник Станислав Бабюк
Оформление форзацев Сергея Бордюга

Разработка серийного оформления *Юлии Тумаковой*
Редактор *Галина Захарова*
Дизайн и верстка *Евдокии Шибаловой*
Технический директор *Лариса Шабаева*
Корректор *Ирина Романова*

Подписано в печать 20.10.2017. Дата изготовления 03.11.2017.
Формат $70\times100\ ^1/_{16}$. Бумага офсетная. Гарнитура SchoolBook.
Печать офсетная. Усл. печ. л. 10,32. Тираж 10 000 экз. Заказ № 5253/17.

ООО «Издательство Лабиринт Пресс»
115419, Москва, 2-й Рощинский пр., д. 8, стр. 4
Тел.: (495) 723-7295, 231-4679, 780-0098
E-mail: redactor@labirint-press.ru
http://www.labirint-press.ru

Отпечатано в соответствии с предоставленными материалами
в ООО «ИПК Парето-Принт»
170546, Тверская область, Калининский район,
Бурашевское сельское поселение, промышленная зона Боровлёво-1, комплекс № 3 «А»
www.pareto-print.ru

ISBN 978-5-9287-2903-5

0+